भूमिका

भूमिका

अमृता भारती

वाणी प्रकाशन

वाणी प्रकाशन

4695, 21-ए, दरियागंज, नयी दिल्ली 110 002

फ़ोन : +91 11 23273167 फ़ैक्स : +91 11 23275710

शाखाएँ

अशोक राजपथ, पटना 800 004, बिहार

कॉफ़ी हाउस कैम्पस, महात्मा गांधी मार्ग, इलाहाबाद 211 001, उत्तर प्रदेश

महात्मा गांधी अन्तरराष्ट्रीय हिन्दी विश्वविद्यालय, वर्धा 442 001, महाराष्ट्र

सुल्तानिया रोड, मोतिया पार्क, भोपाल 462 001, मध्य प्रदेश

www.vaniprakashan.in
marketing@vaniprakashan.in
sales@vaniprakashan.in

BHOOMIKA
by Amrita Bharti

ISBN : 978-93-89012-62-0
Poetry Collection

प्रथम संस्करण 2020

मूल्य : ₹ 295

सिटी प्रेस, दिल्ली-110 095 में मुद्रित

वाणी प्रकाशन का लोगो मक़बूल फ़िदा हुसेन की कूची से

अपने
'गार्डियन ऐंजिल'
सूर्य को

दो शब्द

2016 मेरा कविता-वर्ष रहा है। 2017 में भी कुछ कविताएँ लिखी गयीं। टाइपिंग के दौरान परिवर्तन-संशोधनों के चलते कुछ छोटी कविताओं का भी समावेश हुआ।

एक लम्बी कविता 'अन्तिम पत्ती, कला कथा' भी पूरी हुई।

अब 32 कविताओं का यह संकलन 'भूमिका' प्रस्तुत है। पहली कविता 'भूमिका' शीर्षक कविता है।

ऐसी और भी कविताएँ थीं जो संकलन का शीर्षक हो सकती थीं, किन्तु 'भूमिका' पहले लिखी गयी, इसलिए या एक प्रमुख कारण यह भी है कि इसमें उस अन्तराल की अभिव्यंजना हुई है जिसमें न आयु का विचार है न स्थिति का और जो पूरी तरह अतिचारित रूप से मनुष्य और मनुष्य के बीच एक निर्मम और दुर्लंघ्य फासला बनाये हुए है। यह वह 'कन्ट्रास्ट' है जो एक बड़े दुःख के रूप में सदा ही मुझे सालता रहा है।

'भूमिका' कविता के दो-चार मंच-दृश्यों में प्रमुखता लिये इसी विषमता की अभिव्यंजना है, शायद यही एक कारण है कि संकलन को यह शीर्षक मिला।

यह चेतना का तल है, जिसका स्पर्श अभिव्यक्ति को स्वाभाविक कर देता है। भाव-संवेदन हों या हृत्-स्पन्दन, सब उसकी लय में चलते हैं।

कविताओं में जीवन के यथार्थों, अनुभवों की वह अभिव्यंजना है जो उनसे बाहर निकलकर अन्तःसत्य के स्पर्श से आती है।

किसी-किसी कविता में मैंने 'परिवर्तन' और 'रूपान्तर' शब्दों को नियत भवितव्यता के रूप में अभिव्यक्ति दी है। यह मेरा साक्षात्कार तो नहीं है, किन्तु ऐसा विश्वास है जिसे मेरी आत्मा जीवन के 'सत्य' के रूप में स्वीकार करती है।

कविताओं में मैं अपनी अन्तरंगता के साथ हूँ।

'भूमिका' प्रकाशन के लिए और प्रकाशित होने पर हिन्दी जगत् के लिए प्रस्तुत है। पाठक होंगे कि नहीं, किन्तु कविताएँ तो हैं ही।

–अमृता भारती

पुदुचेरी

2018

अनुक्रम

मैं सूर्यास्त देखते हुए प्रसन्न हूँ,
अनन्त रात्रि का मुझे भय नहीं।

-एलेक्ज़ेण्डर ब्लोक

भूमिका

चलते-चलते ही
सहसा
क्यों
बैठ गयी ज़िन्दगी?

क्या यह
अन्तिम दृश्य है
या
मध्यान्तर?

यह तो जानता होगा
नाटक का प्रणेता ही
या
रंगमंच का सूत्रधार।

निष्क्रियता की
क्या है उपयोगिता,
क्या है चरितार्थता
या सार्थकता
जीवन की?

सूत्रधार में अन्तर्दृष्टि है।
वह जानता है
मेरी आँखों में सुदूरता है,
दृष्टि में
अचूक लक्ष्य-भेद,
हृदय की गहराइयाँ
मर्मस्पर्शी
और मर्मज्ञ हैं

मन प्रतिबिम्बित कर सकता है
सांगोपांग
किसी भी जीवन या दृश्य को,
बुद्धि में चमत्कार है
रूप और रूपक की
प्रयोजनीय
ग्राह्यशक्ति का।

वह मुझमें
उन सारी विशिष्टताओं का
आकलन कर लेता है
जिन्हें वह
आवश्यक मानता है
अपने सोचे हुए पात्र में।

उसके निश्चय में त्वरा है
और वह मुझे
अपने मंच के भीतरी
एक कोने की पीठिका पर
आसीन कर देता है
'प्रेक्षक' की भूमिका में।

मेरा मन
संकेन्द्रित हो जाता है,
दृष्टि भी
अपने पात्र में।

मैं देखती हूँ
विश्व एक विशाल रंगमंच है।
उस पर
वितानों और पार्श्वद्वारों
यवनिकाओं
और गवाक्षों से सज्जित
छोटे-बड़े
अनगिन नाट्य-मंच हैं।

चित्र-विचित्रमयी है
यह रंग-रचना,
इसकी अनेकरूपता।

मैं दूर तक देखती हूँ–
कितनी विभिन्नता, विविधता है,
और पृथक्ता है
हर दृश्य,
हर कथा,
और प्रत्येक पात्र में।

क्षण भर के लिए
गहरी प्रतीति हुई–
सब 'एक' है,

किसी 'एकत्व' का ही
बहुविध स्फुरण।

'उसने' यही तो कहा था
'एकोऽहं बहुस्याम'—

यह तो 'दर्शन' है—
हाँ,
ऋषि जो द्रष्टा है
उसका दर्शन।

मैं प्रेक्षक हूँ।
यह विशाल रंगमंच
मेरी दृष्टि की सीमा है—
इसके पार मेरी गति नहीं,
गमनागमन नहीं,
विचार और कल्पना के लिए भी
अनुभवगम्य नहीं
'द्रष्टा' की दृष्टि की विराटता।

मैं
अपनी दृष्टि की
मर्यादा में लौटती हूँ।

सामने
अनेक छोटे-छोटे मंचों पर
समयावधि में चल रहे
नाटक-प्रसंग हैं।
कथावस्तु,

रस और पात्र की विविधता से,
गुण और प्रकृति के आश्रय से
चल रही है रचना।

साम्य और वैषम्य
अपने रूप-रंग में
अपनी स्वभावगत प्रवृत्ति के साथ
घटित हो रहे हैं
हर मंच पर।

भावमय जगत् है,
अनन्तभावमयी है यह विश्व-रचना।

शास्त्रकार
नव रसों का विवेचन करते हैं।
प्रत्येक रस
भाव, विभाव, अनुभाव,
संचारी भावों की रूपमयता से
असंख्य भावों की सृष्टि
और उनका रूपांकन करता है।

मैं
एक सहृदय प्रेक्षक हूँ
अति संवेदनशील।
अतः प्रभावित होती हूँ
रसों
और उनमें निवास कर रहे
भावों के आश्रय से।

मैं इनकी
बहुविधता में से गुज़रती हूँ–

कभी प्रसन्न होती हूँ
उल्लसित,
कभी स्तब्ध या शान्त,
कभी भयभीत हो जाती हूँ
तो कभी आतंकित।
दुःख से कातर
तो कभी करुणा से शोकार्द्र।

कभी उत्साहित हो उठती हूँ
तो कभी
जुगुप्सा की भीषण विकृति
चेहरे को मलिन कर देती है।

कभी मृदुल छायाएँ गुज़रती हैं
और कभी
मुख पर
वात्सल्य की कोमल पवित्र
स्निग्धता छा जाती है।

हास्य प्रसंग मुझे
विशेष प्रभावित नहीं करते।
यहाँ मेरा स्वभाव भी बाधक है–
क्या संवेदनशीलता
हास-परिहास की प्रतिरोधी है?
न हो,
किन्तु मुझमें एकाग्रता

या तन्मयता घटित नहीं करती
और
दृष्टि हटकर
जल्दी ही
उन मंचों पर चली जाती है
जहाँ
कठोर वास्तविकताएँ
उतनी ही कठोरता से
रूप ले रही हैं।
जहाँ
द्वन्द्व और संघर्षण
गहरी रगड़ छोड़
चल रहे हैं
पात्रों के जीवन में।

कम्पन होते हुए भी
मेरी दृष्टि
ठहर जाती है
मंचों पर प्रदर्शित
दृश्यों की विभीषिका में

समय
और भाग्य की विडम्बना के
सह-नृत्यों में।

मैं देखती हूँ

जराग्रस्त एकाकीपन,
रोग से जर्जर
असहाय जीवन।

मैं देखती हूँ
नाम-संकीर्तन करते
तीर्थयात्रियों के जुलूस—
दूर जाती
मूक शवयात्राएँ।

नाटक में पात्र जानता है कि
वह अभिनय कर रहा है
किन्तु
'भावानुवेश' की अनिवार्यता से
उसमें जीवन का प्रवेश हो जाता है
और रस-भाव की क्रिया
उसे भी
उतना ही प्रभावित करती है।

मैं सोचती हूँ
नाटक में
जीवन सहजगम्य है

किन्तु
जीवन में
नाटक का अन्वेषण
और प्रतीति
दुष्कर कार्य हैं
एक तपस्या।
दार्शनिक कहते हैं—
'विश्व

दर्पण में दृश्यमान
नगरी है'

अर्थात्
एक छाया
एक प्रतिभास।

क्या कोई यथार्थ नहीं?

मैं प्रेक्षक हूँ–
दृष्टि मेरा प्रधान 'करण' है
यदि 'दर्शन' सत्य है
तो जगत् की
यह विशाल दृश्य-रचना भी।

मैं सोचती हूँ
मनुष्य एक मंच है।
और उसका जीवन
एक पटकथा

एकांगी
या समूह में चलती हुई,
कभी टुकड़ों में
तो कभी
किसी अन्विति से जुड़ी हुई।

कभी लगता है–
हर दृश्य एक विचार है
जो मन्थन चाहता है,

किन्तु
शीश उन्नत करते ही
खो जाता है
निकटवर्ती
दृश्य के प्रभावों में
अविवेचित।

मुझे लगता है
मैं स्वयं
विचारों का एक ताँता हूँ
और मेरे अन्दर-बाहर
चारों ओर
असंख्य मनोवेगों,
भावावेगों की उच्छल तरंगें हैं।

क्या यों दृष्टि
पारदर्शी रह पायेगी?

मुझे तटस्थ रहना चाहिए।

किन्तु तटस्थता की प्रासंगिकता भी
बीच की जलधारा है।
तट नित्य ही प्रभावित होते हैं
उद्दाम तरंगों और प्रवाहों से।

मैं सोचती हूँ
बीच की जलधारा
तो जीवन है,
उसे ही सौम्य

और संयमित रहना चाहिए,
निर्धारित नियमों की मर्यादा में।

मैं प्रेक्षक हूँ
मेरी दृष्टि में विस्तार है,
विचार और विवेचन भी।
साक्षात्कार द्वारा ही
वह परिणाम प्रस्तुत करती है–

जलधारा
और तटों की निर्मिति
दोनों ही
उसके दृश्य हैं।

बार-बार लगता है
संवेदनों के कोमल तन्तुओं से
बुना गया है
मेरा महीन हृदय-पटल,
जो स्पर्श करते ही झंकृत हो उठता है
अतिसंवेदी रागों में।

मैं
हर दृश्य के पात्रों को
हटा ले जाना चाहती हूँ
सुख की चाँदनी में,
निर्माल्य की तरह कोमल और पवित्र,
जीवन की सुरभित ऊष्मा में।

वह कौन सा भाव है,
जो आनन्द की सृष्टि करता है,
कौन-सा रस?
'रसो वै सः'।
मैं चुप हो जाती हूँ।

दृष्टि
दृश्यों में है,
किन्तु विचार नहीं।

बहुत देर बाद
भाव की ऋजुता कहती है
परिवर्तन
केवल परिवर्तन।

मेरा मन अतीत में चला जाता है।

किसी अन्तर्राष्ट्रीय अधिवेशन में
एक भौतिकी विज्ञानी ने
पट पर
अपना प्रयोग प्रस्तुत करते हुए कहा था कि
" ऑब्ज़र्वर'—अर्थात्
प्रेक्षक के प्रवेश करते ही
दृश्य में
परिवर्तन घटित होता है।'
मैंने पूछना चाहा था—
'क्या प्रेक्षक के भेद से
दृश्य-परिवर्तन में भी भेद घटित होता है?'

विश्व-मंच के सभी पात्र
प्रेक्षक भी हैं
और प्रेक्ष्य भी
और ये परस्पर
अपने रूप, भाव-भंग और मनोवृत्ति से
अपनी अहम्मन्यता के अनुरूप
परिवर्तन घटित कर रहे हैं।

मंच पर
जीवन और पात्र में,
हर दृश्य में
प्रतिपल सहज गम्य है
यह परिवर्तन।

मैं
दृष्टिगत नहीं,
आत्मसात् करती हूँ
दृश्यों को,
किन्तु यह 'सहजगम्य परिवर्तन'
जो कहीं आकस्मिक
तो कहीं विरल होकर भी
नित्य की वास्तविकता है
क्यों
'परिवर्तन' के रूप में
इतना अबोधगम्य है
मेरे लिए?

वह कौन-सा प्रेक्षक होगा
जो घटित करेगा

परिवर्तन
इन दृश्यों में?
कौन-सा कवि होगा
जो प्रतिष्ठित करेगा
'वागर्थ'
इस महनीय रचना में?

काल का बोध नहीं
मैं बैठी हूँ
अपनी उस पीठिका पर
निर्निमेष—

दूर से
आ रही हैं पदचाप
पुरातन पुरुषों की
और निराश हो
बार-बार लौट जाती हैं
अपनी उसी पुरातनता में—

वे
क्षण भर को ही
दृष्टिगत होते हैं—
क्या उन्हें नहीं मिलता
वह नावीन्य-बोध
जो विकास-क्रम में
मनुष्य में अभीप्सित है
और जिसे
यदि वह सजग होता
तो अब तक
रूपायित हो जाना चाहिए था।

विकास की महानेत्री
यह 'प्रकृति' भी
कितनी मन्थर है
कि मनुष्य का मुख देखकर ही
अगला पग रखती है।...

दूसरे ही क्षण
मेरी सम्पूर्ण आन्तरिकता
केन्द्रित हो जाती है
दृश्यों की
उस पृथक् विषमता में
जो समता के
हर प्रसंग,
हर सम्भावना को नकारती
ठहर गयी है
हर गृह और आँगन में,
जीवन से जीवन में।

क्यों यह विपरीतता
ग्रस्त करती है मुझे
जो एकांगी ही
आक्रान्त कर लेती है
एक बड़े समवाय को।–
स्नेह के उत्तर में
ईर्ष्या, द्वेष, प्रतिस्पर्धा की प्रबलता,
उपकार के बदले
सदा मिलनेवाली अकृतज्ञता।

स्वार्थों की एकजुटता ही
सम्बन्ध है–
इससे पृथक् कहाँ है कोई
निःस्वार्थ
सौहार्दपूर्ण सम्बद्धता!

मैं देख रही थी विषम अन्तराय
जो हर स्तर पर था।
संवाद और
संवेदनशीलता की न्यूनता ने
एक ऐसी दूरी की रचना की थी
कि असम्भव हो गया था
पारस्परिक बोध।

जीवन सामूहिक था
प्रतिपल की टूटन से बन रही
दरारों,
बड़ी हो रही खाइयों के बावजूद।

परनिर्भरता की लाचारी से
ग्रस्त और त्रस्त था,
मूक भी
एक बड़ा समुदाय।

लगता था
सब अलग नावों पर हैं
अलग है
उनके नीचे का पानी
अलग है
उनकी यात्रा।

जुड़े हुए होने की
मजबूरी के साथ भी
परस्पर अजनबी मनुष्य की
यात्राओं के ये
विकट वैषम्य
ये अन्तराय
ग्राह की तरह ग्रसते रहते हैं
उसका जल-जीवन,
उसके पड़ाव की सुखान्तिकी।

मैं पल भर को रुकना चाहती थी
किन्तु
पलक झपकाना निषिद्ध था—
यों भी
सामने अविराम थे
जगत्-दृश्य।

'जगत्' शब्द का अर्थ ही है
गतिशीलता।

मेरी दृष्टि की एकाग्रता भी
निरन्तर गतिशील थी।

मैंने देखा सामने
वही विशाल रंगमंच।
उसके मंचों पर
कितने ही दृश्यों में
प्रदर्शित था
जीवन का दुर्दान्त वैषम्य।

यह कैसी गहन निराशा थी,
टीसती व्याकुलता,
जिसने मुझे आच्छन्न कर लिया था।

मनुष्य और मनुष्य के बीच
निरन्तर जड़ें पकड़ रहा
यह घोर वैषम्य और
यह दुर्लंघ्य अन्तराल ही
जीवन की भीषण विभीषिका के
रचनाकार थे।

यह अन्तराल या अन्तराय
विश्वव्यापी था।

यह एक अतिसंवेदनशील प्रसंग था–
नाट्य कथा
एक कठोर और दुस्सह वास्तविकता थी,
जिसे कुछ विशालतर दृश्य-रचना में
आकाश और पाताल के
अन्तर को लक्ष्य कर
प्रदर्शित कर रहे थे
अनेक
भावप्रवणशील कलाकार।

नाटक
जीवन का
अतिवास्तविक अनुकरण था।

मैंने देखा–
एक ओर था
सुख का उन्माद
हर्ष की अतिशयता का तूर्यनाद–
दूसरी ओर थे
दुःख और अभाव के
हृदय-विदारक दृश्य–
चेहरों पर मढ़ी हुई
मलिनता की गाढ़ी छाया,
अपने ही कन्धों पर
झुके हुए लोग।

कभी सुनाई देती
कोई दबी सिसकी
सन्नाटा तोड़ता
कोई आकुल आर्त्तनाद।

मैं देख रही थी
जगत् के विशाल रंगमंच का
एक छोटा-सा भाग
रंगीन रोशनियों से चमचमाता
राजसी वैभव से सज्जित था।
रजत-पात्रों में सजे थे
विविध व्यंजन–
मीनाकारी की सुराहियों में भरा था
पेय मधु आसव।
रेशमी लिबासों की सरसराहट,
धूपायनों से
उड़ता हुआ

सुगन्धित धूम्र
इत्र-फुलेल,
हवा के तेज़ झोंकों की तरह
उन्मत्त हँसी।

उस छोटे-से मंच पर
आयोजन बड़े थे–
किन्तु
पात्रों की संख्या बहुत कम थी।

मुझे साँस घुटती महसूस हुई–
कहीं भी तो न थी शुचि
बान्धवी उन्मुक्तता
केवल कृत्रिमता।
द्वार बन्द था
वातावरण अवरुद्ध,
झरोखों पर जड़े थे
दुर्भावी 'अहम्' के
मज़बूत
सुनहरे ताले।

सब कुछ
एक 'मैं' में बन्द था।

झीनी यवनिका से विभाजित की गयी थी
एक अंक की
यह महत्त्वपूर्ण नाटिका।

इस ओर
विश्व-रंगमंच के

एक विशाल भाग पर
प्रदर्शित किये जा रहे थे
जीवन के वे दृश्य
जहाँ दुःख का दारुण रूप
ग़रीबी है,
भूख, अभाव और लाचारी है।

मैंने देखे
सिर्फ़ 'कुछ' के लिए
उघरे बदन, आधे पेट
कठिन श्रम करते लोग।

मैंने देखी
मौसम की मार
टपकते छप्पर
चूती छतें–

शीत में गुदड़ी में ठिठुरते
खाँसते बूढ़े लोग।

मैंने देखे
घर-घर
अधजले या बुझे हुए चूल्हे
चिमनियों से
कभी-कभी उठता धुआँ।

अनेक अंकों और दृश्यों में
चल रहा था–
जीवन का यह महानाटक–

आरम्भ कब हुआ,
अन्त कब होगा–
आकलन सम्भव नहीं था।

मेरी दृष्टि
इस नाट्य-मंच के
कुछ दृश्यों में
बच्चों पर केन्द्रित हो गयी।

यह बुभुक्षा थी–

मैंने देखी–
नंगे सिकुड़े बदन
उन बच्चों की आँखों में
भुने हुए अन्न की ललक थी,
लहकती भूख की
चमकती आँच।

अपलक दृष्टि से गुज़र रहे थे
मंच की रोशनी में
अँधेरों के ये दृश्य।

क्या यही जगत् है,
दुःख अभाव और पीड़न
यही जीवन?

फिर एक दारुण दृश्य

एक नन्हा-सा बच्चा
माँ की सूखी छाती से चिपका हुआ
माँ बार-बार अपना सूखा चुचुक
उसके मुँह में देती
वह चूसता
और फिर रोने लगता।
हार कर माँ ने उसे
ज़मीन पर डाल दिया।
और आप भी बगल में पड़ गयी
स्वयं दुर्भिक्ष-सी।

एक शोकाकुल उत्क्रोश
मेरी शिराओं में दौड़ गया।

वह छोटा-सा मंच शास्ता था
इस विशाल रंगमंच का।

वे कुछ लोग
निर्णायक थे।
इस विशाल जन-समुदाय के।

सभी देशों के कलाकारों ने
भुक्तभोगी की तरह
जो वे थे,
अनेक रूप और दृश्यों में
प्रदर्शित की थी
यह दारुण विपरीतता
रुग्ण मानसिकता की
यह पृथक्
प्रतिकूलता।

मैं सोच रही थी
समता और सामंजस्य की
हर संभवता को नकारता,
निर्मम क्रूरता से खंड-खंड करता
कितना अविराम और अथक था
शक्तिमत्ता का यह प्रतिरोध।

यह कैसी ऊँची दुर्भेद्य दीवार थी
विभाजन की।
समता और सामंजस्य का
कोई भी चिह्न छोड़े बिना
कितनी गणनात्मक कुशलता से
खोदी गयी खाई थी—
सदा के लिए
अमेय छोड़ दी गयी
जीवन और जीवन के बीच
संवादरहित
संपर्कहीन
संवेदनशून्य दूरी की।

मनुष्य का रूप और ढाँचा वही था
किन्तु भेद की विभीषिका
विकराल थी।

यह एक अपूरणीय व्रण था
मानवता के
उन्नत खुले मस्तक पर।

मैं थक गयी थी

खींचना चाहती थी अपनी दृष्टि
कि वह अटक गयी
सहसा खुले मंच की
प्रहेलिकामयी
धुन्धभरी खाई में!
वहाँ भटक रही थीं
जीवित या मृत
रुदन करती कुछ छायाएँ—
टटोलती

शायद कोई द्वार
कि मिल जाये हवा और प्रकाश
या आकाश।

बस अब और नहीं—
आगे कोई मंच या दृश्य खुले—
यह एक सिलसिला था
जगत् और जीवन का

मैंने समेट लिया था दृष्टि को
दूर से
पास से
सब ओर से—

बन्द होने लगे थे नेत्र-पट,
मैंने उठने का यत्न किया
कि परदा गिर गया।

यह अन्तिम दृश्य था–
सूत्रधार के उस भीतरी मंच पर
मेरी 'प्रेक्षक' भूमिका का।

उत्तरलेख

पटाक्षेप होते ही
मैं दौड़ी चली गयी थी
नेपथ्य में

बदले थे अपने वस्त्र।

मेरे हाथों में था
मेरा संचित धन
घर-घर से अपहृत किये
बीजों का संकलन।

इन्हें
मैं बोऊँगी
ईश्वर के 'कानन' में।
ऊँचे
धवल आकाशों के
ऊँचे तलों पर
अंकुरित होंगे ये बीज
पल्लवित, पुष्पित–
रूपान्तरण के उर्वर दानों से
भरे होंगे
इनके सुवर्णिम फल।

जन्म घटित होगा।

उतरेंगे धरा पर
पुरोगामी पैग़म्बर
युगान्तर का सन्देश लेकर।

उतरेंगे स्वर्गदूत
अपनी बीन पर
नयी फ़सल
नये जन्म
नयी मानवता का गान लेकर।

देववाणी में ध्वनित होगा
सृष्टि के वाद्य-यन्त्र पर
समता
सौख्य और प्रेम का
अनन्तकालिक
मधुर स्वर।

शेष

मुझे लगता है
यह 'उत्तरलेख' भी
एक नाटक है या
नाटक का 'भरतवाक्य'—
एक सदाशयी
संशुद्ध परिकल्पना
मेरी कविता की।

निष्कृति-धन

'निष्कृति-धन' के रूप में
मैंने
अर्पित किया था
स्वयं को–

यह 'उद्धारक मूल्य' था
खोयी सम्पदाओं का।

सोचती हूँ।
वे कौन-सी
खोयी बहुमूल्यताएँ हैं
जिनके अर्जन के लिए मैंने
अर्पित कर दिया
अपना अनमोल स्वयं।

जीवन का प्रतिपल
या तो प्राप्ति होता है
या च्युति–
आकलन
संवत्सरों के सार में ही सम्भव है।

खोया है
वह पहला धन
जो लौटकर वापस नहीं आता–
बहुमूल्य धन
'समय'।
इसी में निहित था सब
और इसी में
बहुत कुछ खोया है।

पूर्वाह्न और मध्याह्न
इसमें मैं
अपनी महती सम्भावनाओं के साथ
संचरण करती थी,
मुझमें संचरण करता था
मधुर मनोरागों का यह अनुरागी समय,
संचरण करती थीं इसके साथ
रचनाएँ और कोमल कल्पनाएँ।

बहुत थीं भाव-सम्पदाएँ
जो एक-एक पटल
खुलना चाहती थीं
आत्मा के सूर्य के प्रति–

किन्तु सब
परकीम संवेदनाओं की
संकीर्ण स्वार्थप्रेरित
धूमिल छायाओं में
आवृत हो गयीं।

ऊँचे आकाशों में पारगामी
मेरे मन के सुनहरे पंख
उस अरण्य में झर गये
जहाँ एक विसंवादी देवता
इनसे
रसातल की सत्ताओं के
परिधान बुनता है।

समय का स्वाभाविक विभव
अदीप्त हो बुझ गया।
प्राप्ति और च्युति के विचार से पृथक्
अविवोचित ही बीत गया
यह सुवर्णिम समय।
अब अपराह्न है
अन्दर आधा-अधूरापन है
तब भी सोचा
यदि कोई संचय है
चल-अचल
वस्तु, धन के रूप में
वितरण कर दूँ–

अब जो समय शेष है
हलकी हो जाये यात्रा।

कि तभी कोई शर
किसी अज्ञात तरकश का
अन्तस्तल में बिंध गया,
अनुभूति की आँखों ने देखा–

एक-एक कर हट गये हैं
सभी तट
दूर तक है केवल
रेतीला निस्तरंग विस्तार
निस्तब्ध शून्यता
एक ऐसी रिक्तता
जिसमें
वस्तु या व्यक्ति का चिह्न नहीं,
मेरी अपनी निजी पहचान नहीं
स्वयं
स्वयं से अनजान
आत्म-प्रत्यभिज्ञारहित हूँ मैं।

मैंने खोया है
अपनापन
अपनी अस्मिता–
अब
और क्या रहा
जिसका विचार करूँ?

किन्तु स्मृति
उसने पीछे लौट
विविधता प्रस्तुत की
आत्महन्ता भाव की–

खोया है
आन्तरिक सम्पन्नता का भाव,
अन्दर विद्यमान
प्रचुरता की सुखकारी अनुभूति,

दाक्षिण्य की दीप्तिमयी
प्रसन्न प्रतीति।

चलते-चलते
अनावश्यक सन्दर्भों में
गिर गयीं
वे वस्तुएँ
जो सुन्दर और पावन थीं
गरिमामय आचरण का
मूल धन थीं।

अनेक सम्पदाएँ
एक-एक कर चली गयीं
अनिकेत हो
आत्म-अवमानता के प्रति
असहिष्णु होकर।

लगता है
खो गयीं निधियाँ सब
जो अस्तित्व की
ज्योतिर्मय पूर्णता बनती हैं।
अन्ततः खो गया
साँस लेने के लिए
अनिवार्य सुख-संवेदन,
आनन्द का प्रत्यक्ष या परोक्ष
अनुभूत भाव।

शास्त्र कहते हैं–
आनन्द के लिए ही

विधाता ने
'सृष्टि' की रचना की,
आनन्द के लिए ही जीवन है।

तो
जीवन का अर्थ
उसका अभिप्राय ही खो गया
अब शेष क्या रहा?

क्षण ने विचार प्रस्तुत किया
'दुःख'
अनुभूति ने स्वीकार की
इसकी वास्तविकता।

मैंने सोचा
जो प्रतिपल
अन्तस्तल में
गर्त्त निर्मित कर सकता है
एक नये व्रण का
आयोजन कर सकता है
क्या वह
कभी किसी खाई या
खोयेपन का पूरक हो सकता है?
वह स्वयं भी तो
एक खन्दक है।

फिर भी
मेरे स्वभाव की
अति संवेदनशीलता ने

दुःख से मैत्री कर ली,
आत्मीय प्रगाढ़ता से
अंगीकार कर लिया
दुःख
अब यह एक चिरन्तन बोध है।
मैं देखती
हर सुख के परोक्ष में
दुःख है
जो बाहर आने के लिए
अपने क्षण की प्रतीक्षा करता है।

मुझे लगा
दुःख
एक सार्वभौमिक संवेदन है
एक ऐसा अन्तर्भूत भाव,
जो हर अन्य भाव में
गोपन
घर बना कर रहता है।

दुःख अब
मेरे मन की संरचना था—

मैं सुनती
देवों का संगीत
दिव्य वाद्य-यन्त्रों पर
और चेतना
आनन्द के शिखरों पर चली जाती—
किन्तु मन
जल्दी ही उतर आता

उन ढलानों पर
जहाँ जाते होते कारवाँ
देश-निर्वासित लोगों के
और बींध देते
हृदय
उनके गीतों के शोकाकुल स्वर।

अब दुःख एक प्रवृत्ति था
बोधशून्य पलायन
मेरे जीवन का
जीवन से।

बहुत समय निकला था
दुःख के
एकाकी संवेदन में
शायद यह
'शेष' का
अपव्यय था।

आत्मा ने
अनेक बार
उद्घाटक क्षण प्रस्तुत किये थे
आज यह अविकल्प था।

मैं बैठी थी
जैसे सब चुप था–
एक संन्यासी ने
पास आकर कहा था
'दैवी सम्पदाएँ तो सब हैं'

'तब दुःख क्यों?'
मैंने पूछा था
'उनकी मात्रा न्यून है'
उत्तर था
अर्थात् सम्पदाओं की।

ईश और हममें
इतना ही तो अन्तर है
कि हम उसकी पूर्णता के
एक अंश में जीते हैं
'मात्रामुपजीवन्ति'
पूर्णता में नहीं।

दैवी सम्पदाएँ–
अभय
सत्त्व संशुद्धि,
स्वभाव की ऋजुता,
शान्त तेजस्विता,
सहिष्णुता,
स्वधर्म के लिए किया जाने वाला तप,
सुख-शान्ति की सरल अनुभूति,
निःस्वार्थ भाव,
मूक-दान, दया, क्षमा,
अलुब्धता,
ईश और
आत्म-चिन्तन।

ऐसी अन्य अनेक दिव्यताएँ–
इनकी सम्भवता–

कभी-कभी लगा तो है
हृदय के गर्भ में
कुछ दीप्त
कुछ उद्भासित होता है

विद्युत्स्फुरण-सा चमत्करण
किन्तु लुप्त हो जाता है।

कभी लगता है
कि सम्पदाएँ
किसी 'अव्यक्त' के

रेशमी तिमिर-आवरण में
सुप्त हैं
या
अपहृत कर ली गयी हैं
आत्म-विस्मृति के क्षणों में
मेरे हृदय के
गोपन कोषागार से।

अपहर्ता कोई नहीं
मैं स्वयं हूँ
'आत्म-धन' के प्रति
मेरा विस्मरण
मेरी अवमानना।

और इसी कारण से
छाया मात्र रह गयी
मेरे वैभव की प्रत्यक्षता।

न्यूनतर हो गया
मुझमें निहित
दैवी सम्पदाओं का
स्वाभाविक वर्चस्व।

शायद
यह मात्रा ही है
जिसकी पूर्णता के लिए
मैंने
अर्पित किया है
निष्कृति-धन।

याद आये वे क्षण
जब मन निकला करता था
चेतना के किसी उच्चतर पटल पर—

आज मैं ठहर गयी
एक ऐसे ही शिखर पर
चारों ओर शुभ्रता है
शान्ति का विस्तार।
चित्त और
विचार की संशुद्धि ने
सब निर्मल कर दिया है।

भीतर
पूर्ण प्रज्वलित है
कालान्तर का बोध
अपने विभव से दीप्त है
अन्तस्-झोली।

कितना नवीन
सद्यस्नात
उज्जवल प्रभात है,
सुवर्णिम सुबह आयी है,
ऋषियों की 'अहना'।

और मैं
मेरी चेतना
दिवा-तपोवेश में
'निष्कृति-धन' की पूर्णता के लिए
घर-परिवार-नगर,
मानवीय अरण्यों से दूर,
दिशान्तों के
नीरव एकान्तों में
निष्क्रमण कर गयी थी।

मेरा गुहा घर

घर तो नहीं था
दीवार होती,
दीवार तो नहीं थी
द्वार होता,
द्वार तो नहीं था
छत होती...

मैं एक अधखुले
वातायन से निकल गयी थी।

यह पथ था
दूर तक जाता हुआ पथ—
भाले की नोक-सा
सूक्ष्मतर होता हुआ पथ।
अप्रमेय दूरी पास आकर खो जाती
लक्ष्य सदा ही एक बिन्दु पर बना रहता
उसी दूरी पर।

मैं रुक गयी थी—
थक कर नहीं,
चुप होकर—

शायद निश्शब्दता
इस रहस्य का उद्घाटन करे...

मैंने देखा था
अन्दर के सभी स्तम्भों के
काँच में
प्रकाशित थे
मरकत मणि वर्ण के
हरित बिम्ब...

नहीं था कहीं कोई अवरोध
और एक छोटे-से शिखर पर
टँगा था उन्नत आकाश
तब उच्चतर होते हुए शिखर
और विराटतर होते हुए
अनेक आकाश।

मेरे दोनों पैर
अब पंख थे
पथ अब आकाश था
और मैं उतर आयी थी
उस लक्ष्य-सूचक
सर्वोन्नत बिन्दु पर

यह मेरा गुहा घर था।

नक्षत्र खचित था
इसका आकाश।

ख़ुशबू

हवा आती है
और खिड़की पर
एक फूल रख जाती है—

मेरे हाथ बढ़ें
कि कोई और लम्बा हाथ
उसे नीचे गिरा देता है
एक-एक पँखुरी
टूटे हुए संवाद की तरह
अलग हो बिखर जाती है

मानो मेरा जीवन हो।

शेष रह जाती है
खिड़की की सलाखों में
आकर चली गयी
अनबोली किसी बात की
कुछ कहती-सी ख़ुशबू।

चक्रवात

पूर्व सूचना मिल चुकी है
कि आज रात
ग्यारह बजे तूफ़ान आयेगा।
यह एक चेतावनी थी
सावधानी के लिए।

यह पूर्वी तट है
हवा होगी रचनाकार
प्रकृति के इस उत्क्रोश की
हवा के तूफ़ानी पंखों पर
समुद्र ऊँची छलाँगें लेगा
मानो आकाश को ही
अतल में डुबा देगा,
प्रचण्ड तरंगें
पछाड़ खायेंगी शिलाओं पर,
अवरोधों के प्रति असह्य हो
तट-सीमा को विवश कर देंगी
अवगाहन के लिए।

हवा और बारिश में होगा घमासान।
समुद्री तूफ़ान—
यह मेरा पहला परिचय होगा,

विविध और विलक्षण होंगे
इसके उपद्रवी रूप।

मुझे भय नहीं
उत्कण्ठा थी
अपूर्व अभिलाषा
परिचय की
जानने की
मानो यह तूफ़ान नहीं
जो आयेगा
प्रिय अभ्यागत है।

कैसा होगा
यह चमत्कारी साक्षात्!

हवा सदा से ही रही है
मुझे प्रीतिकर।
सहज ही दर्ज होती रही है
उसकी गति,
उसका आवागमन
मेरे मानस-पट पर–
मैं एक मर्मज्ञ निरीक्षक थी
उसके हर रूप की।

घाटी-परिसर की वह कुटीर
तरुमालाओं के बीच से
अपना आँचल समेटती
वह दौड़ी चली आती
दस्तकें देती द्वार पर–

इस खिड़की से उस खिड़की पर
मानो सम्प्रेषित करना चाहती थी
कोई प्रेम-संवाद
किसी दूरस्थ अज्ञात का।
मध्ययामिनी में
मैं अनुभव करती
उसका उठा पग-संचरण
तल से अस्पर्शित
उसका आगमन
हर झकोरे के साथ
मुझे छूकर निकलता
उसका रेशमी
मधुवासित
बान्धवी स्पर्श।

मेरा मन
उसका मोड़
पीछे की तरफ़ चला गया।

सोचती हूँ
आदमी का विपथगामी रुख
जब हवा पकड़ लेता है
कितना रेतीला कर देता है उसे
कि साँसें रुँध जाती हैं
आँखें भी और
सामने की राह भी।

ऐसे ही कुछ रेतीले झंझावातों ने
तोड़-मरोड़ फाड़कर

फेंक दिये
धूलधूसरित
मेरी आयु के अनेक पृष्ठ—
कोई जिल्दसाज़ न मिला
इस प्रकार अधूरा ही रह गया मेरे जीवन की निजता का
आरम्भ हुआ
कोई भी आख्यान।

आज जहाँ हूँ मैं
यह अन्तःप्रेरित स्थान है—
एक उत्तर है—

किन्हीं अदृश्य हाथों ने
रेशमी धागों की
महीन सुखकारी सींवन से
जोड़ दिया है
मेरा अन्तःकरण
उसका
हर प्राचीन पृष्ठ।

यों ही सोच चलता रहा—
पर अब मुझे प्रतीक्षा थी
तूफ़ान की।

मेरा बिस्तर खिड़की के पास था
जो अब बन्द थी,
रात आ लगी थी
जा रहा था प्रहर...

कि अकस्मात् क्षणों के अन्दर ही
तीव्र हो गया पवन-वेग
हिलने लगे खिड़की-दरवाज़े
जैसे कोई हठीला यायावर
खटखटा रहा हो
झरोखे और द्वार।
वर्षा का घनिष्ठ धारासार।

मेरा मन संकेन्द्रित था
हवा की गति पर
किसी भी अवरोध
और बाधा के प्रति बेपरवाह
अविराम था
पलों में
कोसों दूर जाता उसका प्रवाह।

अग्राह्य और अप्रमेय थी
हवा की गति
इसकी द्रुत चाल।

समय में
अथवा क्षणों के अन्दर
हवा ने नियत कर ली थी
अपनी गति की तीव्रता–
अब वह
तूफ़ानी होकर भी इकसार थी।
मैं पकड़ना चाहती थी
उसके आने, ठहरने और जाने के क्षण को,
पर क्षण इतना लघुतर हो गया था

कि उसके भीतर
सूक्ष्मतम बिन्दु का आरेखण भी
सम्भव नहीं था
किन्तु खिड़की पर
जैसे कोई
आकर चला जाता था–

ऐसी ही एक याद
बचपन की
अन्दर कौंध गयी–
कस्बे में ताँगे ही चलते थे।
घोड़ा गाड़ी–
दूर से टापों की आवाज़ सुनाई देती
पास आती चली जाती
घर के दरवाज़े पर रुकती
शायद कोई आया है
पर दूसरे ही क्षण आगे बढ़ जाती–

मैंने निश्चय किया
ध्वनि संकेतक है।

फिर वही तूफ़ान
हवा

मुझे लगा
कोई महान् संगीतकार
अपने विशाल वाद्ययन्त्र पर
हवा की गति और ध्वनि को
लयबद्ध कर रहा है।

मैं स्वयं लयबद्ध थी।

कैसी झपटती जा रही है बान्धवी यह हवा
मानो चक्रवात को ही दबोच लेगी
उसकी चक्रीय निरंकुश सर्पिल गति को
सीधा करने के लिए।

उसमें और मुझमें
अनोखा तारतम्य था।...

बाहर
प्रकृति का तूफ़ानी घोष था
पर मेरे अन्दर मौन था—
एक शान्त निश्शब्दता

एक प्रसन्न स्वीकृति।

दो-एक प्रहर बीते होंगे
मुझे झपकी लग गयी थी।
यह निद्रा थी या तन्द्रा—
मैंने देखा
उतरा देवलोक से
एक सघन नील आँचल
रेशमी
माँ की गोद-सा
उसमें मैंने जन्म लिया
पिता ने माथे पर हाथ रख
कहे कुछ आशीर्वचन—
झुक कर

मन्द मधुर स्वर में बोले–
'दिव-कन्या, दिवा!'
मेरी आँखें खुल गयीं–

चक्रवात जा चुका था
हवा मृदुल और शीतल थी
न कोई आहट
न कोई दस्तक।
हलकी रोशनी थी–

सुबह पर था
बारिश का झीना आवरण।
नीचे आ रहा था
पितृवचनों में
मेरे दिवनाम का
श्रुतिमधुर उच्चारण।

मधुमय आकाश

तुम कहाँ हो
कितनी दूर
आकाश के
किस एकाकी मेघालय में?

तुम कहाँ हो
कितने पास–
हृदय में
क्षण-क्षण क्षीण हो रहे
अन्धकार के
पूर्वाभिमुख अयन में?

दूर और पास
ये दोनों कहाँ हैं–
मध्य की अनुपस्थिति में?

मैंने जाना,
वह एक बिन्दु होता है
ज्योति-कण-सा आलोकित–
जहाँ ये होते हैं

और बीच में होता है
एक-दूसरे को प्रतिबिम्बित करता
हृदय-दर्पण का
मधुमय आकाश।

जो तब मैं थी

जो
जब
वह थी,
जो
जब
मैं थी—

लौटते हुए
बरसों बीत गये
या सदियाँ
किन्तु मैं पहुँच न सकी
अपनी उस मौलिकता तक
जो
तब
मैं थी।

थकित हूँ
शायद चली तो हूँ मैं
जैसे एकाकी किरण
अन्धकार में यात्रा करती है
चली तो हूँ मैं
अपरिचित दृश्यों

और परिवेशों के बीच से
गुज़रते हुए
हर पड़ाव पर
परकीयता का बोध लिये

किन्तु मैं
यात्रा का अन्त नहीं,
उसकी पूर्णता चाहती हूँ–

होना चाहती हूँ
पूर्वीय आकाश के
अन्तर-द्वीप में
नित्य ज्योतिर्मय
आत्म-सूर्य की
अन्तवर्तिनी
एक किरण

जो
तब
मैं थी।

एक परी-दस्तक

शब्द
उतरा करते थे
चेतना के अज्ञात
किसी स्वर्णिम स्तर से
और मन
एक कुशल कोषाध्यक्ष के सदृश
पूरी सत्यनिष्ठा से
अर्थ और भावसहित
उन्हें संगृहीत कर लेता था
मेरे रूपांकन के लिए।

ये शब्द थे
या स्वर्ण मुद्राएँ
इनकी दीप्ति और कान्ति ऐसी ही थी।
अविराम गति चल रही थी
यात्रा
रचना की।

और तब
एक दिन पाया
अपरिहार्य हो गयी थीं आवश्यकताएँ
शरीर की

और जीवन की।

मैंने निश्चय किया
कुछ स्वर्णमुद्राओं के विक्रय का।
शब्द अनमोल थे मेरे लिए
किन्तु जीवन भी अभी
मूल्यहीन नहीं हुआ था।

बाज़ार में कभी न गयी थी
उसके तौर-तरीक़ों से अनजान थी,
किसी व्यापारी से कोई परिचय नहीं था।
फिर भी गयी–
शब्दों की चमक-दमक दिखायी,
मूल्यवान् होने का आश्वासन दिया–
भटकती रही
किन्तु प्रायः सभी ने
मूल्यांकन को भी
समय की क्षति समझ
बिना किसी वार्तालाप के
वापस लौटा दिया।

मित्र भी
जिनके पास
अन्दर और बाहर की दुनिया
अलग होने का
सर्वथा विपरीत निकष था,
सहज ही
सहायता से मुकर गये।

क्षतिग्रस्त शरीर की माँग थी।
हारकर मैंने
तीन दशक पहले अलग हुए
परिजनों की शरण ली।
मैंने उन्हें अपना
पूरा कोषागार दिखाया
और कोषाध्यक्ष की मान्यता का
वचन देकर
धन के लिए निवेदन किया।

शायद उन्हें याद आया हो
कि मैं
अपने माता-पिता की
और इस महल जैसे मकान की
सम्पदा के विषय में
कोई बात न कर
घर से निकल गयी थी।

वे बोले—
काग़ज़ों के इन मोटे पुलिन्दों को
तुम अपने पास रखो।
या तो यहाँ आ जाओ
या हम हर माह कुछ भेजते रहेंगे।

वह छोटी-सी राशि
मेरे लिए बहुत बड़ा आश्वासन थी।

मैं लौटी
मेरा छोटा-सा कमरा

और पिछवाड़े एक
छोटा ही खुला कच्चा आँगन
भरी हुई फुलवारी
और बीच में लाल फूलों की टहनियों का
एक अनार-वृक्ष
मेरा गृह-ऐश्वर्य था।

[इस अनारवृक्ष के पीछे केल्डिया की एक पुरागाथा मेरी प्रेरणा थी। यह अरब की मरुभूमि थी, जहाँ एक दिव्य पुरुष ने धरा पर जन्म लिया, मानवों को 'परम प्रेम' के प्रति प्रबुद्ध करने के लिए। जैसाकि होता है मनुष्यों ने न केवल उस पर अविश्वास और सन्देह किया, उसे मिथ्याचारी, धर्मद्रोही मानकर हिंसक प्रहार किये, उसे मरणान्तक व्रण दिये। उसे यह मृत्यु अभीष्ट नहीं थी, वह एकान्त में शान्त मृत्यु चाहता था। वह घायल अवस्था में ही भाग निकला। आक्रामक भीड़ ने उसका पीछा किया। उसने मरुस्थल के विशाल बियाबान में अनार की एक छोटी-सी झाड़ी देखी। वह उसकी निचली शाखाओं में छिप गया कि अचानक वह झाड़ी चमत्कारिक रूप से ऊपर उठ कर फैल गयी। विशाल और विस्तृत और गहरा होता गया उसका आच्छादन। जब पीछा करने वाले उधर से गुज़रे तो उन्हें लेशमात्र भी संशय न हुआ कि वे जिसे खोज रहे हैं, वह यहाँ छिपा है। वे भागते चले गये... पवित्र रक्त बूँद-बूँद गिरता रहा, मिट्टी को उर्वरा बनाता हुआ। वह झाड़ी अत्यन्त, सुन्दर सम्मोहक लाल फूलों से भर गयी—लाल पँखुरियाँ, असंख्य बूँदें रक्त की।

कालान्तर में एक अन्य दिव्य सत्ता ने अनार के फूलों को 'दिव्य प्रेम' की संज्ञा दी।]

इस अनार वृक्ष में
मैं सँजोये रखती
दिव्य प्रेम की भावना।
फूलों से भरी रहतीं टहनियाँ,

फलों के बारे में मैंने कभी सोचा नहीं।

कमरे और इस आँगन के बीच
एक पैड़ी थी
उसी पर बैठकर मैं लिखा करती।
मेरे पास था
शब्दों का विपुल भण्डार
किन्तु मेरा चयन निर्मम होता था
मैं चाहती थी
हर अगले शब्द में
किसी नये विलक्षण भाव की दीप्ति हो
कभी न कहीं क्षीण-सी भी छाया हो
किसी पुनरावर्तन की।

लकड़ी की एक बड़ी दराज में
मुहरबन्द कर दिया था
मैंने
अपना रचना-संसार
एक प्रिय योगी को लिखे
पत्र के साथ।

अन्त तो आता ही है,
आ गया था,
पूर्वाभासी मन ने दे दिये थे संकेत।

मैं बैठ गयी थी
अनार वृक्ष के नीचे
तने से टिक कर।
'दिव्य प्रेम' की

लाल फूलभरी टहनियों ने
चारों ओर से आनत हो
निर्मित कर दिया था
एक सुखद नीड़।
परम विश्रान्ति थी,
गहरी नींद का घेरा था।

पत्तियों में हलका-सा कम्पन देख
अनार वृक्ष ने
मधुर मन्द स्वर में कहा था–
"चुप रहो
वह सो रही है
अपने 'दिव्य प्रेम' के
अज्ञात
अरुणिम देवालय में–
मूक नीरव शान्त।

अभी साँस शेष है–
केवल एक
अभिकांक्षित पगचाप
अन्तिम कविता की।"

कुछ क्षण रुककर
और भी मृदुल स्वर में
उसने कहा–

"सुनो,
ध्यान से सुनो
सुदूर

पार वहाँ
एक परी-दस्तक

'अनन्त' के
महा
भुवन-द्वार पर।"

मैंने उसे अनुज्ञा दी थी

वह खड़ी थी।
मैंने उसे अनुज्ञा दी थी
अन्दर आने की

किन्तु कहा था–
धीरे से आना
हौले से
चुपचाप
न कोई आहट
न पगचाप।
चलती चली आना–

उसके कक्ष में आकर
दो क्षण रुकना,
वहाँ सुगन्धित वाष्प होगी
और देवों की शान्ति।

साँसें मन्द हो चुकी होंगी–
नम्रता से झुकना
और मृदुता से तोड़ लेना
वह अन्तिम कच्चा धागा

काँपती कोमल
नन्ही तनु टहनी का।

आहिस्ता से चली जाना

अश्रुनयना नहीं
स्मितवदना

धूपभरी
छाया-सी

बाहर निकल कर
द्वार ढरका देना।

वह खड़ी थी–

मैंने उसे अनुज्ञा दी थी
अन्दर आने की
उसकी 'मृत्यु' को।

अगम्य वह

मैंने उसे देखा था।

वह निर्निमेष दृष्टि में
अकस्मात् ठहर गया
ज्योतिर्मय आकार था।

किन्तु पलक-पट गिरते ही
निमिष भर में
वह लुप्त हो गया था
किसी अन्यदेशीय आकाश के
मेघालय में।

हर क्षण
बदलता हुआ सोच था
नया रूप लेती प्रतीक्षा–

आयु के कालान्तर में
अपलक नेत्रों में बसे
इस भाव ने
क्यों मुझे आच्छन्न कर लिया
कि अब वह

अन्धकार की तरह अगम्य
निवास करता है

युगों से अवगुण्ठित
मेरी छाया-मूर्ति के
अन्तर्वर्ती प्रकाश में।

पूर्णांक

एक
दो
फिर तीन
कि सब रुक गया।

न कुछ गुणित हुआ
न बहुगुणित
शायद जो था
वह भी आ गया था
शून्य तक।

जीवन मेरा है
पूर्णांक प्राप्त करना
मेरा लक्ष्य–

याद आया पुराकाल

जिज्ञासा
और यत्न को किनारे रख
मैं सहसा
या बिन सोचे-समझे
प्रवेश कर गयी थी–

यह भूलभुलैया थी
संसार
या जीवन
या किसी भ्रामक आवाहन की।

मेरे पास नहीं था
कोई पथनिर्देशक मानचित्र
हाथ में नहीं थी
बुद्धि या विचार की
खोज-बत्ती

चारों तरफ़
छितराये
भावों के मोड़ थे
टकराहट थी–
पग-आहट
अपनी
या किसी अपने की
नहीं लगती थी।

दिक्-काल की
अबोधगम्य परकीयता ने
जब मुझे छोड़ा
थकान से टूट कर
मैं
मोह-भंग की पैड़ी पर बैठी थी

गहरी धुन्ध थी

सामने
आकाश में भी
शायद सन्ध्या है
जीवन की भी

पश्चात्ताप की नीली सघनता
समय बहुत कम है।

जिज्ञासा
यत्न
बची हुई साँसों ने क्षिप्रता की
धड़कनों ने स्वीकर की
व्याकुल तीव्रता—
पूर्णांक-प्राप्ति का
दुस्साहसिक
अन्तर्मुखी प्रयत्न

हर क्षण
लपक कर पकड़ रहा है
एक अंक
संख्या में द्रुत परिवर्धन है

'काल' निर्मम गणक है

अब अन्तिम साँस है
अन्तिम क्षण
पूर्णांक पर
ठहर गया है समय
'काल' की गति रुद्ध और मूक है।

आत्मा ने
रात्रि का कर लिया अपहरण

क्षितिज पर
कोमल चरण
उतर रही है
सूर्य की
नयी किरण।

यह हृदय है

ऐसा होता है
दिन में कई बार होता है—

किसी क्षण
छाती में
कोई फफकता सिसकता है
और एक 'आह'
बाहर आ जाती है।

याद किया
तो यह आज की बात नहीं
बहुत समय से प्रतीयमान तथ्य है।

न कभी ध्यान दिया
न कभी सोचा ही।

आज विचार आया
यह सामान्य घटना तो नहीं है
असामान्य न होकर भी

यह इतनी महत्त्वपूर्ण भी नहीं

किन्तु कौन
मेरे अन्दर
और क्यों
सिसकता, आह भरता है?

आज इस क्षण यह जानना
ज़रूरी हो गया था

मैं
अपने अन्दर चली गयी–

यह हृदय का परिसर था।

क़ब्रें ही क़ब्रें थीं
एक क़ब्रिस्तान–
किन्तु यहाँ रोशनी थी–
वातावरण शुद्ध था–
न शुष्क, न रुद्ध–
सब ओर
सुगन्धित फूलों से,
झुकी
हर टहनी थी।

कौन हैं
जो दफ़न हैं–
किसने इन्हें दफ़न किया?

यह मेरा अपना क़ब्रिस्तान था
मेरा अपना संसार

यहाँ मैंने दफ़न की थीं
अपनी सबसे उज्ज्वल आशाएँ,
सबसे मधुर आकांक्षाएँ,
यहाँ मैंने दफ़न किये थे
अपने आकाशपंखी स्वप्न
और वे गीत
जो देवों के रथ थे।

किन्तु क्यों?

ये मेरी अमृत सन्तानें हैं...
मैं इन्हें प्रच्छन्न रखना चाहती थी
जगत् और जीवन से।
वैसे भी
ये सुप्त हैं, मृत नहीं।

सत्य
इनका रक्षक प्रहरी है,
वह समय आने पर
इन्हें इनकी निद्रा से निकाल कर
वापस ले आयेगा
मेरे जीवन की
किसी नयी
अगली सुबह में।

किन्तु हृदय–
वह विवश और अनजान है,
उसके ये सब

सुहृद थे,
वह इनके लिए
चाहे जब सिसकता
आह भरता है—

आधा
ज़मींदोज़
यह मेरा हृदय।

सुन्दर है यह कृतार्थता

मैंने छाना था जीवन को–
अनावश्यक दूरियों से पास आयी
संचित हुई
उसकी भटकन को

उसमें
स्वच्छन्दता से मिश्रित हुए
उन इतर तत्त्वों को
जिनके दीर्घ सायुज्य ने
मुझे
अपने जीवन की
सही पहचान से
पृथक् कर दिया था।

मैंने छाना था इन्हें
एक सार्थक मोड़ पर
एक उद्‌बोधक से
अनायास प्राप्त हुई
विवेक की चलनी से...

फटका था
विशृंखलित विचारों की संकुलता को

एक प्रबुद्ध शिल्पी द्वारा निर्मित
सुसम्बद्ध चिन्तन की
तीलियों के छाज से।

दीर्घकालिक सचेतन श्रम ने
अलग कर दिया था
वह सब
जो निरर्थक था,
अपना नहीं था।

अब शेष रह गया था
जो मेरा था,
मेरा स्वत्व ही।

मन का दर्पण
स्वच्छ और निर्मल था
प्रतिबिम्बित कर सकता था
अन्दर की गुप्त गहराइयों को,
मेघों में प्रच्छन्न
उज्ज्वल शिखरों को।

भारहीन जीवन मुक्त था,
सुष्ठ और सरल,
वह निर्णय ले सकता था–
पथ हो या लक्ष्य।

हर अवधारणा उसकी थी
हर निश्चय स्वतंत्र–
उसने पृथक् कर लिया था सार्थकता को
सफलता से।

वह अक्षत और दीप्त रखना चाहता था
समय का
हर दीर्घ और लघु क्षण,
अपनी देहरी
अपना आँगन।

वह कहना चाहता था
मैं कृतार्थ हूँ–
सुन्दर है यह कृतार्थता।

ढाई आखर

पढ़ते-पढ़ते
लिखते-लिखते
संवत्सर बीत गये
आ गया आयु का अपराह्न।

वेद-उपनिषदों का अध्ययन करती रही
पुराणों शास्त्रों दर्शन-ग्रन्थों से
विषयानुरूप विवरण
रेखांकित एकत्रित किये,
महाकाव्यों से
सार-संग्रह किया,
आगमों तन्त्रागमों का
अन्वेषण दृष्टि से विचार किया,
सूत्रों का किया संकलन,
शीर्षकों के अन्दर व्याख्या प्रस्तुत की।

सुन्दर सुव्यवस्थित भाषा में
मौलिकता लिये
बड़ी जिल्दों में
शोध-ग्रन्थ आये।

विद्वानों ने प्रशंसा की

सराहनीय श्रम कहा
सम्मान मिला
बड़े हाथों ने पुरस्कृत किया।

किन्तु भीतर
क्यों वंचित रही
प्राप्ति के अनुभव से।

काम के दौरान
पूरी संलग्नता
काम को प्रकाशन तक
पूर्णता देने के बाद
सम्पूर्ण विस्मरण।

क्यों
स्पन्दित नहीं होता था
कोई नया आविर्भाव
परिवर्तन
नावीन्य-क्रम।

ख़ानों में लगी मोटी पोथियाँ
दहशत होती थी
कैसे किया सब
कहीं भी तो न था
कोई सार्थक हलकापन।

सुख वैसे ही यवनिका के पीछे है,
सन्तोष को न मिली
कृतार्थता की पीठिका।

जो पढ़ा
जो लिखा
कुछ याद नहीं
स्मरण-पट्ट ख़ाली है–

शायद सब संचित है
मस्तिष्क के किसी अज्ञात कोटर में।
उसमें विचरण की सामर्थ्य नहीं,
बाहर तो प्रसृत हुआ
अन्दर प्रसृत हो सके
क्षमता नहीं।

आँखें थक गयी थीं
मैं थक गयी थी
निढाल बैठी थी,
पथ की एक शिला पर–
यह विरल पथ था,
इस पर आवागमन भी
विरल ही होता था।

तीन प्रहर बीत गये
कहीं कोई नहीं
मुझे प्रतीक्षा भी नहीं थी
उत्सुकता भी नहीं–

कि तभी
स्पन्दन की तरह
एक यात्री गुज़रा

विरल पथ का विरल यात्री–
उसके कन्धे पर करघा और कतनी थे–
उस बुनकर ने कुछ मुड़कर कहा–
'ढाई आखर।'

शरीर में बिजली-सी दौड़ गयी।
मन के द्रुत वेग में
सब लुप्त हो गया–

मैं लौटी
देखा
खानों में लगा हुआ
वही पुस्तक-भंडार
बड़े-बड़े शास्त्र
सम्मानित शोध-ग्रन्थ

फिर वे ही आँखें
एकाग्र दृष्टि
पृष्ठ पर पृष्ठ
हर पंक्ति हर शब्द
कहीं भी तो न था
'ढाई आखर'
इन दो शब्दों का उल्लेख।
वेदविज्ञ पंडितों से पूछा,
उत्तर मिला–
ग्राम्य बोली के शब्दों से
वे अनभिज्ञ हैं।

शब्दकोशों की शरण ली
विश्वकोश पलटे
कहीं न मिला
बुनकर के मुख से निकला
'ढाई आखर'
इसका कोई आलेख।

फिर भी यह
अन्दर घर कर गया
सोते-जागते
ध्वनित होते रहे
दो शब्द ये।

वह एक शान्त मुहूर्त था
चमत्कृत-सी मैं उठी
बोध दीप्त हुआ
चक्षुओं को मिली अन्तःज्योति
सब खुलता चला गया।
सभी इन्द्रियाँ एक बिन्दु पर–
मन आरोहित हुआ
चेतना के शुद्ध पटल पर–

गहरी तन्द्रा में
हृदयंगम हुआ था अर्थ
झंकृत हुए थे

निस्तब्धता में सोये तार।

'ढाई आखर'
यह तो गुरु-मन्त्र है

प्रेम है
अमृत है
आनन्द है।

प्रतीति, प्रबुद्ध हुई
प्रेम
किरीट है–
शास्त्र उसे शिरोधार्य करते हैं
कि उसके आलोक में
उनके साम्राज्य के गुह्य द्वार,
अगम्य सार
उद्घाटित प्रकाशित हों
आवागमन सुगम हो
नियमों को मिले नमनीयता।

मुझे लगा
ज्ञान
अपने तुंग शृंगों के
काठिन्य को तोड़कर
प्रवाहित हो रहा है
असंख्य निर्झरिणियों में–
प्रक्षालित कर रहा है
मन और मस्तिष्क के मलिन प्रकोष्ठ,
प्रकाशित कर रहा है
उनके सुषुप्त दिगन्त।

प्रेम से
ज्ञान की गूढ़ता
हृदयंगम हुई।

प्रेम भक्ति है
आराधना है
आत्मदान की शक्ति है
विचार और कर्म
संयुक्त हुए
समर्पण की इस मणि-मंजूषा से।

प्रेम उद्घाटक था
प्रेम उद्भासक था
हर गुह्य सार का
हर गहन सूत्र का

उसके मणि-दीप में
सब विवेचित था
वह व्याख्याता था
प्रवक्ता था
हर रूप
हर अर्थ का।

कैसा था यह पूर्ण जागरण–
जो कुछ भी पढ़ा था
जो कुछ भी लिखा था
सब अन्तर्दीप्त था
हर क्षण
सार्थक
और कृतार्थ था।

दुग्ध धवल
गहरा और विशाल था
माधुर्य का यह सिन्धु।

विरल पथ का विरल यात्री वह
उसके कन्धे पर थे करघा-कतनी
उसने बीनी थी
मेरी चदरिया
स्वर्गिक वीणा के
स्वर्णिम तारों से

कि मैं गाती रहूँ
चिरकालीन
प्रेम की
नित-नवीन
शब्द-मधुर गाथा को।

प्रेम-तरु

वह
मलय-समीर था
रेशमी था उसका परिधान
सुप्रिय सुरभित।
रजोकणरहित थी उसकी उड़ान।

उसकी गति के हर चरण ने
व्याप्त कर लिया था
मेरा जीवन
मेरे मन का अतिविशाल आँगन।

कितना निर्मल हो गया था सब
कितना मृदुल
मेरा हर रोम,
कितना सरल
श्वास का आवागमन
हर दीवार में खुल गया था
हर्ष का वातायन।

मुझे लगा
मैं आकाश में हूँ
पहाड़ियों पर हैं मेरे पैर

दिशाओं में उड़ रहे हैं
हरित-पीत वस्त्र–
मेरा नृत्य
मेरा गान
और सारी सृष्टि वाद्ययन्त्र है।

दूर ढलानों पर,
जा रहे थे कारवाँ
गाते हुए
नवजीवन में उतर आये
बसन्त ऋतु के गान–
कितनी श्रुतिमधुर थी
हर कंठ से आयी
वह समवेत तान।...

किन्तु
यह क्षणार्ध था
कि सब कुछ ठहर गया
सर्वत्र व्याप्त हो गयी निर्मम निस्तब्धता
कठोर थी
मूक निश्शब्दता।

वह
बहुत दूर से आया था–
मेरी अनुभूति ने उसे
मलय-समीर की संज्ञा दी थी।

किन्तु
उद्भिन्न हुआ था ज्ञान–

वह तो आकाशों के पार
अन्तरिक्षों से दूर
द्युलोक का वासी था।

यह कैसा अजाना कम्पन था
कैसा स्फुरण
कैसी सिहरन थी
हृदय के आच्छादन में!

व्योम के गहन अन्तराल में
स्वर्गों के कानन में
अंकुरित,
देव-कन्याओं से पोषित
बीज अपने प्रेम का
वह बो गया था
मेरे वक्ष की कोमल क्यारी में।

खो गयी थी बाह्यता
जल, वात और आकाश
हर साँस–
सम्पुटित थे नयन
संकेन्द्रित था मन

केवल एक संवेदन–
हृदय की क्यारी में
स्वर्गों के
उस बीज का प्रस्फुटन।

समय ने आँखें खोली थीं।

वह अब वृक्ष था—
उसका प्रेम-तरु।
अन्तर-आकाश में फैली थीं
उसकी भरी हुई
चिकनी टहनियाँ,
झरते रहते थे फूल
नित्य विशालतर हो रहे
मेरे
मानवीय प्रांगण में।

पूर्ण हुए क्षण में
वह आया था
वह द्युलोक का वासी

झर रहे थे फूल
मेरे प्रेम-तरु से
उसकी देव-छाया में।

एकान्त

मैंने ढूँढ़ना चाहा था
अपना एकान्त।

मैं जानती थी
एकान्त में
शीघ्र गमन की शक्ति है
और उतनी ही त्वरा से
लौट आने की भी।

वह विस्तार में
संचरण कर सकता है
पर्वत के
उद्दाम शृंगों का
उत्क्रमण कर सकता है
और किसी भी जल-अतल में
अवगाहन कर सकता है।

वह
संसार के समारोहों का
द्रष्टा हो सकता है
और किसी भी निर्जनता में

निःसंग
निमग्न रह सकता है।

मैंने ढूँढ़ना चाहा था
अपना एकान्त—

कि वह
किस अज्ञात पर्वत की
खोह में रहता है
या अन्दर की
किस तह में प्रच्छन्न है!

या वह चहल-पहल में भी है
घर में, परिवार में
भीड़भरे बाज़ार में

यदि उसे पाना चाहूँ
उसकी सर्वांगता में
तो वह कहाँ मिल सकता है?

धरा के गुप्त गर्त्त में
या आकाश के नील में
अन्तरिक्ष के अन्तराल
या ऊपर के
किसी अ-पारदर्शित व्योम में

मेरे श्रम या मेरी क्लान्ति में
मेरे अन्दर हो रहे कोलाहल
या शान्ति में

समय की दीर्घता
या एक क्षण में
नक्षत्रों या
मिट्टी के एक कण में?

मुझे कहीं नहीं मिला
मेरा
सर्वथा अपना एकान्त।

अब अन्वेषण
नितान्त अन्तर्वर्ती था
बाहर से निरपेक्ष
प्रगाढ़ थी उसकी अन्तर्भावना।

अन्तर-पथ का
अपना ही भूगोल और
खगोल होता है—
मैं चली थी
चलती चली गयी थी—
'काल' का त्रिकोण
नहीं था
मेरे पथ का कोई अवरोध।
न कोई क्लान्ति
न कोई भ्रान्ति
पग-पग पर मिलता
किसी नावीन्य का बोध।

कुछ दूर और–
अन्तर-गोलार्ध के
दो ध्रुवों के बीच
मेरे अपलक नेत्रों की
सुप्रभ सुदूरता में
आलोकित थी
एक 'ऋषि-हृदय' की कुटीर–

कितनी व्यापक थी
उसकी उन्मुक्तता
उसकी निर्वात ज्योतिर्मयता,
उसकी आनन्दित पूर्णता

उस 'निभृत गृह' की
मधुमयी मसृणता में
आत्मविस्मृत शान्त–
एकाकी
वास करता था
मेरा अन्तरिम एकान्त।

धरा का यह स्वप्न

वह
आया था
रात्रि की सघन नीलता में
नींद की यवनिका में
बन्द नेत्र-पट में
आकाशी सुदूरताओं से

वह
आया था
सुनहरा स्वप्न।

मैंने
आँखें खोली थीं
दिपती चमक अब भी शेष थी–
'पर यह यथार्थ नहीं'
दिन की खोजबत्ती ने कहा था।
मैंने
काँसे के बड़े थाल में
जल भर
धोया था आँखों को
कि आयी हुई
दूरदेशीय

पारदर्शी चमक निकल जाये
और दृष्टि सामान्य हो सके।

किन्तु
सामान्य तो यह पहले भी नहीं थी
असामान्य न हो
पर अन्यमनस्क-सी
'कुछ' खोजा करती थी–
यह 'कुछ' और था।

कोई ऐसी पृथक्ता
जो दिन की रोशनी को तोड़ना चाहती है
उसके आवागमन
चर्या के क्रम और श्रम को
किसी नये प्रकाश में–
उसके अनुभव में जीने के लिए
विवश करना चाहती है।

मैं ढूँढ़ती
जीवन में
जीवन का पर्याय
वास्तविक और निश्चयात्मक,
आरोपित नहीं,
पर सब जगह
व्यक्त या अव्यक्त विपर्यय
प्रमुख या आनुषंगिक यथार्थ की तरह
साथ जुड़ जाता।

मैं कभी देखती
संवादी साहचर्य
उनका मेल-मिलाप
समानार्थक शब्दों-सा उनका सहकार
तो लगता
अब सब कुछ मृदुल और सरल हो जायेगा–
किन्तु समानार्थक शब्द भी
स्वतन्त्र थे
अपने अर्थ-परिवर्तन के लिए।
वे अपनी वास्तविक निश्चयात्मकता को
किसी भी पूर्ववर्ती
शब्द या अक्षर से संयुक्त कर
खो देते थे अपना पूर्व अर्थ–
उनके सायुज्य से
सम्भव असम्भव हो जाता,
उपलब्धि अनुपलब्धि,
आकांक्षा दुराकांक्षा,
सन्धि दुरभिसन्धि।
कभी अर्थ-परिवर्तन के लिए
अपने ही किसी शब्दाक्षर से वियुक्त हो जाते
और इस प्रकार सहकार
बन जाता प्रतिकार।

यों भी, नकारात्मक
समानार्थक शब्दों का साहचर्य
सहज था
बहुल था–

उनकी प्रकृति में कठिनतर था

अपना अर्थ-परिवर्तन।
वे एकजुट होकर
संकटपूर्ण बन जाते
किसी भी स्वीकारात्मक अन्यता के प्रति
आक्रामक—
वे परस्पर भी हो जाते संघर्षरत।

ऐसे किसी सोच-विचार का,
तार्किक विवेचन का तो
कोई अन्त नहीं—
यह कैसे कोई निष्कर्ष दे सकता है,
सुलझा सकता है
मनुष्य के कुंठित
निर्मम जाल को?

पर यह दृष्टि?
सूचीभेदक है इसकी रोशनी।
आज यह रुक नहीं रही है
कहीं अटक नहीं रही है
अँधेरे को टटोल नहीं रही है—
मानो यह पारभासी आवर्धक काच है
जो किसी भी
अन्तरंगता को
सूक्ष्मता में से निकाल कर
प्रत्यक्ष प्रतिभासित करता है।

आज यह मेरी आत्मदृष्टि है
जो मुझे सचेतन कर रही है—
आत्मान्वेषण ज़रूरी है

निरीक्षण
परीक्षण।

मैं सोचती हूँ
परिवर्तन ही उपाय है
समवाय परिवर्तन।
मनुष्य शायद संसार का
सर्वाधिक असन्तुष्ट प्राणी है–
क्या यह असन्तोष
शिला बन सकता है

परिवर्तन की शिला?

मुझे लगा
मैं अपने सोच की
क्षमता की सीमा का
लंघन कर रही हूँ
और इस तरह
अपने अधिकार का भी।

किन्तु यह स्वप्न
क्या यह कोई देवदूत है
देवों का सन्देशवाहक,
देव
जो सदा ही
मनुष्य के मित्र रहे हैं?

मैं
अनुभव करती हूँ

उसका शिशु-स्पर्श
अपने चेहरे पर
और तब वक्ष पर—
फिर सब असंविद हो जाता है।

मैं बैठी हूँ
एकांगी
हृदय के निर्वात चौवारे पर
मूक शान्त है
हर स्पन्दन।

कि वह पुनः सरक आता है
रात्रि की सघन नीलता में
नींद की यवनिका में
बन्द नेत्र-पट में
देखा वह
सुनहरा स्वप्न।

क्या यह
दिवा-प्रकाश में भी
उद्घाटित हो सकता है
अपने शिव-सौन्दर्य की
सत्यता लिये?

क्या यह स्वप्न...
मस्तिष्क ने उच्चघोष किया—
'किन्तु यह यथार्थ नहीं',
हृदय ने हस्तक्षेप किया
''यह वास्तविक यथार्थ है',

मैं चुप न रह सकी, बोली
'यह अतियथार्थ है, –शीर्षस्थ
प्रेम और एकत्व का,
जीवन में जीवन की चरितार्थता का।'

अब केवल मौन था,
निर्विवाद संवादरहित मूकता,
समाधेय उत्तर की
शान्त निस्तब्धता।

स्वप्न साकार था।
दिन के खुले प्रकाश में,
प्रत्यक्ष थी
उसकी विद्यमानता।

स्वीकार ने
और भी प्रदीप्त कर दिया था
उसका सुवर्णिम वर्ण।

महा अन्धकार को
दूर
विवस्त्र छोड़ आया था
धरा का यह स्वप्न।

साध्वी ने कहा

एक साध्वी ने कहा
जीवन सुन्दर है–
'लाइफ़ इज़ ब्यूटीफुल।'

मैं अवाक्
देखती रह गयी।

कितना दुर्गम रहा है पथ
लड़खड़ाता चला है
मेरा रथ।

आरम्भ हुईं सम्बन्धों की दूरियाँ,
सम्बन्धों में
नये सम्बन्धों का आगमन–
रिश्तों ने अर्थ बदला
आँगन खण्डित हुआ,
ऊँची हो गयीं दीवारें
सँकरे हो गये दायरे।

और कैसे रास्ता बदल गया
कौन-सा
ज्ञात नहीं।

रात रात नहीं थी
दिन दिन नहीं था
दोनों ने खो दिया था
अपना सादृश्य–
अन्धकार और प्रकाश
खो चुके थे
अपना विश्रामदायी
और कर्मशील जाग्रत यथार्थ।

धुँधलके से धुँधलके में
गुज़रता था
समय का हर प्रहर।

किसी के भी सुख से
मैं संलग्न न हो सकी–
दुःख
अपनत्व की डोर की तरह था
जो लपक कर बाँध लेता,
मेघों के सदृश
हृदय का आकाश।

कोई भी रुदन
मेरे लिए न हो सका
अरण्य-रुदन।

जैसे
दुःख ही मेरा सहचर था
जीवन की धड़कन।

कोई भी पथ ऐसा न मिला
जो मुझे एक नया मोड़ दे
और मुझे
मेरे स्वभाव की विवशता से
इसके मज़बूत तन्तु को काट
पृथक् कर दे।

किसी ने
कभी न की मुझसे
मेरे पथ
या मेरे गन्तव्य की बात।
मन में गहरी होती चली गयीं
अभिन्न आकांक्षाओं की खाइयाँ।

इस क्षण मैं बैठी हूँ
कैसा सन्नाटा है

सोचती हूँ
कभी तो किया होता आत्म-स्मरण।

और तभी
जैसे तारा टूटा हो
जाग्रत हुआ एक स्मृति-क्षण।
याद आया
एक अदृश्य साथ
जो उन धुँधले रास्तों पर
आत्मा के किसी दीप्त स्फुरण में
झलका करता था

और मेरे अन्दर ही
लुप्त हो जाता था।

आज यात्रा पुनः आरम्भ हुई
मैं चलती रही
सोच-विचार ने शून्यता का आश्रय लिया,
केवल कोई अन्तर्मग्न
चिन्तनशील था—
आशा न प्रत्याशा
केवल यात्रा—
समय की अन्तर्धानता में
आया वही दीप्त क्षण
ठहरा
और मैं उसकी
अगाधता में उतर गयी—

देखा
दूर तक बिछा है
रश्मियों से रेखांकित
अन्तर-पथ
और बीच के एक गर्त्त में
जल रहा है एक दीप
अपनी शिखा से
आकाश में उठे
एक अनुभूतिगम्य मस्तक का
स्पर्श करता हुआ।

और अब वह
बार-बार अन्तर्लुप्त हो जाता 'साथ'

बाहर भी
साक्षात् था
चक्षुगम्य थी
उसकी विद्यमानता।

साध्वी ने
साध्वी से कहा–
'जीवन सुन्दर है'।

क्योंकि मैं पथ हूँ

यह घर नहीं
द्वार नहीं
पथ है
अपनी ही दूरियाँ तय करता हुआ।

राह के पार्श्व में
नियत दूरी पर
एक शिला होती है
जहाँ कुछ देर के लिए
कोई थकित पथिक
विश्राम लेता है।
चलते हुए मिलते हैं
संकेतक-पट्ट
जहाँ किसी नगर या
ग्राम का नाम,
दिशा और दूरी
अंकित होती है।

मैं चल रही हूँ
अब न कोई शिला मिलती है
न कोई छाँह

मानो विश्राम निषिद्ध है।
संकेतक-पट्ट भी अब नहीं हैं।

मैंने सीमान्त तक जाना चाहा था--
मैं नहीं जानती थी
कि सीमान्त
केवल नगर-प्रान्त
और देश के होते हैं
पथ के नहीं।
जब तक मैं चल रही हूँ
वह पथ है।

और गन्तव्य?
अपना निश्चय
वह स्वयं प्रस्तुत करेगा।

कई बार मैं रुकी हूँ—
शायद यही है वह स्थान
जिसके लिए तय की हैं
इतनी दूरियाँ—
किन्तु जल्दी ही वह
एक ढूह-सा
बालू की भीतवत्
गिर जाता।

मैं उठती
और चलती रही।

शायद यह आत्म-अन्वेषण था—
कभी तो मिलेगा वह दिगन्त
उसकी चमकीली खोह,
वह विश्रामदायिनी शिला,
देवों से आरक्षित
वह स्वर्ण-द्वार

मैं चलती रहूँगी
क्योंकि मैं पथ हूँ—
अपनी आत्मा का
एकाकी
किरण-पथ।

माला शब्दों के मनकों की

मैं
अपने घर की
इस छोटी-सी चारदीवारी में
इस तरह रहती थी अकेली,
मानो मैं ही हूँ
इस संसार में।

शब्द आया करते थे–
वे ही रथ थे
वे ही सारथी–
वे ले जाया करते थे मुझे
सुदूरता के
किसी विशालतर एकान्त में
या नदी के उस पार के
किसी अज्ञात अरण्य में,
कभी पहुँचा देते थे मुझे
मेरे भीतर के
किसी गुप्त प्रकोष्ठ में–

वे जैसे
मेरी अपनी ही वास्तविकता की तरह
अपरिचित रहना चाहते थे।

संसार के किसी भी
प्रेक्षागृह
या रंगमंच से।

शब्द आया करते थे।
कभी भीड़ में
कभी विरल होकर
उनमें आहट होती थी
कभी सन्नाटा।

बिना किसी दस्तक के
मेरी अनुज्ञा के बिना ही
उनका आवागमन होता था
और अविराम रहता था वह
नियत या
अनियत समय तक।
शब्द मेरे मित्र थे–

मैं चयनपूर्वक उन्हें उठाती थी
मनकों की तरह
कि उन्हें पिरो सकूँ
उनके सही स्थान
और प्रासंगिकता में
और एक प्रतीक माला बन सके
सारगर्भित अर्थों की।

किन्तु
ऐसा भी कभी होता
कि धागा ही टूट जाता

मेरे मन का
और शब्द
मूल्य ग्रहण किये बिना
बिखर जाते
और खाली हो जाता
मेरा कोषागार।

यह बिखराव भी
कभी शब्द-चित्र बन जाता
और अर्थ को
ध्वनि मिल जाती।

चलता रहता था यह क्रम।

एक अरसे बाद
मैं बाहर जाना चाहती थी
जैसे कभी जाया करती थी
चीज़ों की सूची और पैसे लेकर।

शरीर में निर्भरता आ गयी थी
एक बन्धु साथ आये
लोगों की भीड़-भाड़ से,
वाहनों के आवागमन से
मुझे बचाते हुए
दूकानों पर ले गये।

मैं अपनी वस्तु ख़रीदती
और कोई नयी सुन्दर चीज़ देखती
तो उसे भी अपनी ख़रीद में शामिल कर लेती।

पुराना स्वभाव
दोहरा रहा था अपने को।

मैं दूकानदारों
विक्रेता लड़की-लड़कों को
देख रही थी
उनका व्यवहार वैसा ही था–
फिर भी
शैली में कुछ अन्तर था
भाषा में परिमार्जन था।
मैं देख रही थी
कितना नया था सब
आज मेरे लिए।

विशाल खुली दूकानों पर
सभी कुछ मिल जाता था
बिना किसी मोल-भाव के।

कि नज़र
गली के एक नुक्कड़ पर
लटके हुए
रंग-बिरंगे
आकर्षक गुब्बारों पर अटक गयी,
पीपियाँ
बच्चों के रंगीन चश्मे,
ठेले पर बिकता
चुस्कीवाला बर्फ़,
दूसरे ठेले पर जामुनें।
सुदूर बचपन की यादें जुड़ गयीं।

दूसरी ओर था
फुटपाथ पर विदेशी बाज़ार
छोटे-बड़े तख़्तों पर
सजी हुई थीं
आयात वस्तुएँ।
चारों ओर थे इश्तहार।
मुझे सब अच्छा लग रहा था
अन्दर था ताज़गी का अहसास।

किन्तु मैं थक गयी थी
बन्धु के हाथों के
थैले भी भर गये थे।

लौटी,
देखा–

घर के
प्रवेश-द्वार पर
लाल-सफेद फूलों की बेल
अब छज्जा छू रही थी।

सामान
तुरन्त रखने-सहेजने की आदत
अब चल नहीं सकती थी

निढाल हो मैं बैठ गयी
आँखें बन्द कीं
अलग लगा

कितने समय बाद मिला
यह परिवर्तन।

अन्दर रेखांकन चलता रहा
किस तरह लोग
सुबह से रात तक श्रम करते हैं
आजीविका के लिए
अपनी गृहस्थी को
बेहतर जीवन देने के लिए—
कितनी व्यस्त है इनकी दिनचर्या
कितना ज़रूरी है यह
जीवन की संगत
तारतम्यता के लिए।

इस क्षण मैं
अलग थी शब्दों से, कविता से—
कितना हलकापन था।

स्वभाव का
विषयान्तर में प्रवेश
काफ़ी बोझ खींच लेता है।

पर कब तक बची रहती
अन्दर मूलबद्ध हुई
अपनी
वास्तविकता के दबाव से!

मैं वापस लौट आयी थी
अपने निर्बन्ध एकान्त में—

यह आज
एक इतर सुख था।
सदा की तरह
आ रहे थे शब्द
मैंने पिरोना चाहा
'आज' के सूत्र में
अपने साधारण-से अनुभव को

अभिव्यक्ति
सहज स्वाभाविक थी
हृदय के लिए सुखकर थी
भाव और अर्थों की
यह रूप-व्यंजना।
किसी भी बहुमूल्यता या
अवमूल्यन से अलग
इसका अपना निकष था।

नावीन्य-बोध की चमक लिये
अपनी ही तरह थी
शब्दों के
मनकों की माला यह।

तराशी हुई कविता

पृष्ठ
न सफ़ेद है
न सुनहरा
और इतिहास में विस्तार है।

आकाश पर
अन्धकार का काला आच्छादन है

कौन-से समुद्र की स्याही से
लिखूँ
गाथा जीवन की?

हृदय में प्रतीति हुई
एक पूर्व अन्तर्दर्शन की–

हर नक्षत्र
अपने ही प्रकाश में चमकता
एक अक्षर है
इतना प्रत्यक्ष और साक्षात्
कि मैं उसे शब्दरूपता में
लिपिबद्ध कर सकती हूँ
अपने ही व्योम के

आत्मीय फलक पर
अभिव्यंजित कर सकती हूँ।

यह दीर्घकालिक बोध होगा
या प्रस्तुत एक क्षण
दिगन्तरालों के शाण-यन्त्र
से होकर उतरेगी

मेरे विशाल मुक्त मन के
धवल पट्ट पर

नक्षत्र-लिपि में
तीक्ष्णधार जीवन की विद्युत् से
तराशी हुई कविता।

अनुवर्तन

मैं
एक छतरी हूँ
जब वह चाहता है
खुल जाती हूँ
जब वह चाहता है
बन्द हो जाती हूँ।

मैं नहीं पूछती
बारिश नहीं थी—
धूप का एक क़तरा नहीं—
खोला क्यों?

मैं नहीं पूछती
कितनी बारिश थी—
कितनी तेज़ धूप—
बन्द क्यों किया?

प्रश्नरहित अनुवर्तन
कितना सौम्य सुगम कर देता है
उसका विशाल
नित नव आयामी
दुर्गम आरोही पथ,

लक्ष्य से बेभान
इस आत्मस्वीकृति में
सुप्रिय और सुभग
व्यतीत होता
यात्रा का
हर क्षण,
हर अगला चरण

अनुवर्तन
एक चमत्कार है
सरल कर देता
चित्त का
'चैतन्य' में आरोहण।

नयन-तारक

मैं
भूल गयी हूँ
स्वप्न देखना।

सोचती हूँ
स्वप्न
और स्वप्नों की
साकारता के लिए भी तो
मनोराग चाहिए
एक फुर्तीली आग
जिस्म की

टूटे हुए स्वप्न को
जोड़ने के लिए
जुड़ा हुआ
जीवन-क्रम।

खंडित-अस्तित्व में
सब
खंड-खंड हो
रहता है।

अब तो कच्ची नींद में
कुछ ऐसा घटित होता है
जैसे कोई चीज़
हाथ से छूट कर
टूट गयी हो
तिमिर-पाषाण पर।

समय हुआ
मैंने उस 'वरेण्य' को लिखा था,
जिसकी वीतराग आँखें
कुछ क्षण को
मधु-चषक
हुई थीं
मेरे लिए–

'तुम आओगे
सब बदल जायेगा
हर दर्पण पारदर्शी होगा
हर छाया वर्णमय–

आनत हो
चाँदनी आयेगी
और मेरे प्रेम
और भाव की अमूर्तता
साकार
स्वयंप्रभ हो जायेगी।'

किन्तु युग बीते–
अब न दिन है

न रात है
सन्ध्याओं में चमत्कार नहीं,
छितराया अँधेरा है

कभी-कभी
दिख जाता है
टूट कर गिरता
कोई तारा।

शरीर
केवल क्षय है
ढलती हुई
एक कठोर वास्तविकता।

किन्तु–
कल्पना के पंख होते हैं
पंखों में
एक सपना है

जब पार्थिव दीप
बुझने का समय आये
तब मेरे
निर्निमेष नमन-तारक
टूट कर
अधर में न खो जायें

उसके
वीतराग नेत्रों के

गोपन
मधु-सिन्धु के अतल में
एकाकी
दीप्त रहें।

छाया

छाया
कहीं तो होगी
दूर
या पास।

मैं चलती रही
दिशाओं में कितनी दूर तक
समय में
कितनी देर तक

दिक्काल में कहीं न मिला
छाया की विद्यमानता का
कोई आभास।

बस यह मेरी ही छाया थी
कभी आगे
कभी पीछे
आड़े-तिरछे
किसी दूरवर्ती प्रभाव की
अवशता में
आकार लेती हुई
सिर पर तो यह कभी न हो सकी।

मैं चलती रही
दिशाओं में कितनी दूर तक
समय में
कितनी देर तक
छाया के हर स्पर्श से अलग।

जब कभी
अपनी ही अधोवर्ती छाया पर
विश्राम करना चाहा–
वह विलुप्त हो गयी।

केवल तपन मिली।

तब थक कर
पथ से निष्क्रान्त
समय से विलग
एक अन्तर्वर्ती मोड़ आया

सुखद आश्चर्य की तरह मिला
सामने तल पर
माता के वक्ष-सा विशाल
सुरभित प्रांगण

और सिर पर
पिता की वरद छाया-सा
देवों के शुभस्वी आकाश का
नील आच्छादन।

मोती-सा हर क्षण

अब
नहीं रही
प्रतीक्षा।

पहले वह उत्सुकता थी,
उत्कण्ठा
समय के हर प्रहर की
कितनी स्निग्ध थी वह
उत्फुल्ल और कोमल
कितना सुवर्णिम और चमकीला था
उसका वर्ण
वह सदा खिली रहनेवाली
स्मित के सदृश थी।

दिन हो या रात
या दोपहर का ताप
या सन्ध्या की अरुणिमा
उसकी आँखों में आरेखित रहती
पथ की सुदूरता
धड़कनों में चलती रहती
मृदुल पदचाप,

मन पर
पहचानी-सी दस्तक।

प्रतीक्षा में स्वप्न थे
जीवन एक
सुनहरा मानचित्र था।

अब नहीं रही प्रतीक्षा।

मैंने उसे निर्वासित कर दिया
मन से
अन्तरंग से,
जल-मीन सदृश
हृदय के सरोवर से।

पता नहीं
वह कौन-सा छिद्र था
अन्दर
द्वार या दीवार में
कि क्लान्ति के प्रविष्ट होते ही
वह एक असुखकर बोझ हो गयी
हम दोनों ही एक-दूसरे से परांगमुख हो गये।

प्रतीक्षा के लुप्त होते ही
लुप्त हो गया है
समय का,
आठों प्रहरों के आवागमन का,
उनके द्वारा घटित होते
प्रकाश और अन्धकार का
चलचित्रमय बोध भी।

अब मैं
क्षणों के साथ हूँ
कितना अबोधगम्य है
दो क्षणों के बीच का
सूक्ष्म अन्तराल–
मैं उसी में रहती हूँ
जैसे कोई रहता है
श्वास-प्रश्वास के बीच के
असंवेद्य विराम में।

मोती-सा हर क्षण
पिरोता रहता है
स्वयं को
मुझमें,
मेरी अन्तर्वर्ती एकसूत्रता में।

मैं हूँ अब मात्र 'सुमिरन'
या केवल आत्मविस्मरण–
उँगलियों के बीच से
अविराम गुज़रता रहता है
जीवन–
मोती-सा हर क्षण।

प्रत्यागमन

लौटो अब
धुँधलका छाया है
सब लौट रहे हैं
मानव और
पशु
आकाश में उड़ते
पक्षी-वृन्द
जहाँ भी हो उनका घर।

वृक्ष भी उनींदे हैं
डालों पर परियाँ भी—
कितना बुझ गया है आकाश
बस क्षितिज पर शेष है
जाता हुआ
हलका-सा प्रकाश।

लौटो अब
पर कहाँ
इसका उत्तर नहीं है
मेरे पास।

जीवन के पूर्वाह्न में ही
तजकर निकली थी
जो घर था
या आवास।

किन्तु प्रत्यागमन नियम है—
विवश हो
सब करते हैं अनुवर्तन
यह कठिन क्रम।

लौटना तो है ही,
पर मार्ग नहीं—
न आगे
न पीछे।

ऊर्ध्वगमन ही एकमात्र पथ है।

मेरे स्मरण में झलक उठा
एक अन्तर्दर्शन—

मेरे कौशेय वस्त्र हैं
तरुणावस्था
आरोहण कर रही हूँ
पर्वतों के शीर्ष पर
शिलाएँ सीढ़ियाँ हैं
ऊपर जाते पगों में शीघ्रता है
सधा हुआ वेग
न कोई रुद्धता है
न आवेग।

बस इतना ही
मैं दृश्य से लौट आयी थी
इस चमत्कारी प्रलोभनीय दृश्य से।

कितना शोभन था मेरा वेश
मेरी वह ऊपर जाती सजीवता!

किन्तु मैंने
स्पर्श नहीं किया था
पर्वत-शीर्ष का।

अभी ऊर्ध्वगमन शेष था

पर मार्ग
काफ़ी तय हो चुका था
मैं अग्रसर हुई थी
रखा था अपना पग
उसी अन्तिम
छूटी हुई शिला पर।

सामने थी
शिखरों की शृंखला
एक के बाद एक
पर्वतमालाओं के उच्चतर शीर्षों पर पैर रखती हुई
मैं चलती चली गयी थी।

अब केवल आकाश था
दूर और पास
केवल आकाश।

मैंने देखा था उन्हें
देव, ऋषि और सुन्दर मानवों को
स्वर्ण-कलशों की क़तार के बीच
अपने ज्योतिर्मय
पथों पर जाते हुए।

मैं भी उनमें एक थी
पर कुछ पृथक् थी
मेरी पथ-रेख।

मुझमें स्मरण शेष था

विस्मृत नहीं हुई थी
धरा धरिणी–
भूले नहीं थे उसके हर्षोज्ज्वल
तो कभी अश्रुपूरित नयन
उसका मातृवत्सल
शस्य श्यामल
भीगा हुआ
वक्षांचल।

मैंने देखा था देवोपम उसका सौन्दर्य
देखी थी उसकी विवश मानवी विकलांगता।

मुझमें विकसित हुई थी
या मेरे भीतर निवास करती थी
अकारण कृपाकारिणी
नित्य प्रतिबद्धता।

मुझे प्रतीक्षा थी
एक सम्भव क्षण की–

कभी तो होगा प्रत्यागमन–
कभी तो आयेगी
कोई पुकार,
सुनाई देगा
कोई आवाहन,

उसी पथ से मैं लौटूँगी
नील आलोक से
अपने शस्य-श्यामल
धरा-घर।

एक छोटी-सी पार्थिवता

सामने
बन रही इमारत की
ऊँची खड़ी दीवारों ने
अवरुद्ध कर दिया है
आकाश में दूरगामी
मेरा दृष्टि-पथ,
अपहृत कर लिया है
दृश्यों का मेरा
आत्मीय रूपांकन।

अब नहीं उगता
चमकीला
वह एकाकी तारा,
नहीं नज़र आता
जाते हुए सूरज का
सौम्य
नीलारुण चेहरा।

नहीं दिखाई देती
नीड़ों की तरफ़ लौटती
क़तारों में
पक्षियों की उड़ान,

छत के पास के झरोखे पर
नहीं आता
प्रथमा या पंचमी का चाँद।

शाम आती है
किन्तु बुझ जाती है
मेरी खिड़की पर,
समय से पहले ही
रात आ जाती है
काली सलें डालती
मेरी नींद की बिछावन पर।

सोचती हूँ—
एक छोटी-सी पार्थिवता
कैसे नज़रबन्द कर देती है
चेतन दृष्टि की
आकाशी निस्सीमता।

कम्पित हृदय-दीप

दिगन्तराल के मध्य
हृदय के
कोमल गह्वर में
जलता रहता एक अखण्ड दीप।

काल का कोई ज्ञान नहीं
केवल था युग-बोध
कि कुछ परिक्रमणशील है,
कुछ नवीन,
कहीं कोई
नया पृष्ठ पलट रहा है।

आकाश और ईश्वर
पास आ गये हैं।

यह एक निश्चयात्मक वेला थी—
मैं सोयी थी
किन्तु अपनी अन्तःनिद्रा में निकल गयी थी
देखने
कितना बदल गया है संसार।

सब चित्र-विचित्र था
हर वस्तु
अपने को उद्घाटित कर रही थी
नवीनतर रूप में,
दृश्यों में भी परिवर्तन की व्यग्रता थी।

आकाश की विद्युत्माला ने
धरा पर उतर कर
काँच के
भाँति-भाँति के गोलकों में,
अनेक रंगमय आकारों में
स्वयं को
अन्तर्बद्ध कर लिया था,
गृह-द्वार
मार्ग
खुले हुए बाज़ार
जगमगा रहे थे
उसके स्वचालित प्रकाश से।

गगनचुम्बी इमारतें
भूमिगत मार्ग
सब सचेतन थे,
क्रियाशील था हर सिलसिला,
बोल रहा था हर आडम्बर।

क्या कुछ नहीं था।

वायुमण्डल में उड़ रहे थे विमान
उपग्रहों तक पहुँचते

अन्तरिक्षयान—
समुद्रों पर यात्रा कर रहे थे
विशाल जलयान—
छोटी-बड़ी पनडुब्बियाँ।
मार्गों पर वाहनों का
लगातार
नियंत्रित परिचालन।

मोड़ों
चौराहों पर
लगे थे इश्तहार
कितने यंत्र
कितने आविष्कार
सर्वत्र प्रकट था
मनुष्य की बुद्धि का चमत्कार।

वह अब हवा को नया रुख़ दे सकता था,
पानी को नया मोड़।
आँधी, तूफ़ानों, भूकम्पों
कितनी ही आकस्मिकताओं का
अग्रज्ञान
वह प्राप्त कर लेता था,
उसने
प्रकृति के उत्क्रोशों से
स्वयं की,
अपनी सम्पदा की रक्षा के लिए
किये थे कितने ही सरंजाम।

मैंने और भी बहुत कुछ देखा—
मनुष्य में जिज्ञासा थी
गति थी
स्पर्धा थी
वह बहुत कुछ होना चाहता था
या सब कुछ,
सर्वोत्कृष्ट
और शायद अपने सोच में
हो भी गया था।
उसका 'मैं' प्रबल था।

मैंने देखे देश-देशान्तर
कितनी ही तरह के परिवर्तन
रंग और रोशनी के
चक्रीय आवर्तन।

पर क्यों मुझे लगा
जहाँ भी आदमी है
सर्वत्र किसी कोने में
छिपा हुआ है
कोई अपरिचित अन्धकार।

निष्कपट थीं शैलमालाएँ
अपनी प्राचीनता में,
सघन या अब विरल हो गये थे
वन-वनान्तर
नदी-प्रान्तर।

अब मेरे सामने था
एक प्राचीन नगर।
मैं एक जीर्ण हुए रथ में थी
जो कभी राजसी रहा होगा–
दूर तक फैला था
वह पुरातन राजपथ।

मैं जा रही थी
कि रुक गया रथ
दृष्टि अटक गयी–

मैंने देखा
सदियों पुराना

एक वृद्ध
एक रोगी
एक मृतक

यह एक सचेतन
किन्तु
आकस्मिक आघात था

अन्ततः
मनुष्य वहीं है
अपनी अपरिहार्य नियति के निकट,
दृश्य-प्रपंच
केवल एक आवरण हैं।

मैं लौटी थी
अन्तःनिद्रा का
खुला पड़ा था द्वार
किन्तु अन्दर-बाहर था
निश्चल
अपरिवर्तनीय अन्धकार।

दिगन्तराल के मध्य
निष्कम्प जल रहे दीप की ओर
पीठ कर,
भावी की
किसी भी सम्भाव्यता को
नकार कर, मैंने
स्वीकार कर ली थी
अपनी हार।

उस कोमल गह्वर में
जो निर्वात
एक लौ हो
जला करता था,
आज कम्पित था
वह हृदय-दीप।

शब्द का वामन प्रतिरूप

हर बार हर शब्द
अपने प्रथम अर्थ से
अलग हो जाता है

नहीं बन पाता कोई वाक्य
जो प्रवक्ता हो
और मैं उसकी
सारगर्भित विवेचना में
भाग ले सकूँ।

शब्दहीन
अर्थहीन
चल रही है रचना जीवन की।

बहुत समय बीत गया
मौन हूँ
बिना किसी संवाद और सृजन के।

किन्तु कोई आवाज़ आती है
कोई दख़ल देता है
मेरी निश्शब्दता को तोड़ना,
स्वर देना चाहता है–

यह बाहर
किसी बटोही की हाँक है
या स्वयं मेरे हृदय की धड़कन?

प्राण का आवागमन
चापरहित होकर भी
क्यों इतना सचेतन है?

क्यों
सब कहते हैं
मैं शब्द हूँ–
शब्द क्या इतना
ध्वनिरहित होता है?

सृष्टि का सूक्ष्मतम स्पन्दन भी
ध्वनित
और कभी प्रतिध्वनित होता है,
आकाश भी
नित्य शब्दायमान है।

जो कहते हैं
मैं शब्द हूँ–
क्या वे नहीं जानते
उसके सार
और उसकी असारता में,
सूत भर की ही सही
अलंघ्य दूरी है।

शब्द एक गतिशील यात्री है
शून्य का मापांकन करता हुआ
और मैं शायद उसकी
निःशब्द
निश्चल छाया हूँ

उसकी ध्वनि के पास रुकी हुई।

शब्द स्रष्टा है

मुझे केवल इतना ही मान्य है
कि मैं उसका
वामन प्रतिरूप हूँ
जो आकाशीय होकर भी
अनुध्वनित होता है
धरा पर

कभी
किसी विरल
या अनन्य क्षण
मुझमें।

कि सब रौशन रह सके

वे
आये हैं
वे कुछ अपने
मेरे परिजन।

मैं उनका स्वागत करती हूँ
अपनी क़ुटीर के बड़े
छायादार आँगन में।
सब बैठते हैं
यों ही कुछ बातें
भोजन और खान-पान
फिर कुछ देर का विश्राम–

सब जगह सादगी स्वच्छता और सुन्दरता–
जैसे पहले
मेरे कमरे में रहा करती थी
हर चीज़ अपनी जगह
रंग और रूप का सामंजस्य।

वे उठे थे
शायद जाना हो–
नहीं,

उनके चेहरों पर उत्सुकता थी,
वे बहुत कुछ जानना चाहते थे–
वे मेरे मामूलीपन से
उस विशिष्ट वास्तविकता में जाना चाहते थे
जो मैं तब भी थी
जब उनके साथ थी
और अब भी हूँ।

वे मेरा पिछवाड़ा देखना चाहते थे
उसके ऊँचे पेड़
दूर पथ से भी दिखाई देते थे–
यह विशाल दूरी में फैला
एक बड़ा उद्यान था
फलों से लदे हुए वृक्ष
भार से आनत
चिकनी हरी टहनियाँ
सब्ज़ियों से भरी
बड़ी-बड़ी क्यारियाँ–
पौधों की क़तारों पर फूल ही फूल।

बीच-बीच में लगे फुव्वारे
सिंचन के लिए बनी
अनेक नालियों में
अपनी ऊपर आती बाल्टियाँ उलटता
नित्य चलता रहेट

और वह युवक
सुन्दर सौम्य शालीन
किसी ऊँचे वंश की उपज

किन्तु अत्यन्त स्वतन्त्रता-प्रिय।
उसने क्यों छोड़ा घर
क्यों चला आया
अधिक वार्ता नहीं हुई—
शायद चुनाव कारण था
उसमें प्रबल क्षमता थी
अपना जीवन
अपनी तरह जीने की।

नाम था नन्दन।

दस वर्ष हो गये
उसे यह स्थान भा गया था
और शायद
हस्तक्षेपरहित मेरा स्वभाव भी।

मुझे लगता
वह ऊँचा वृक्ष भी है
और नन्हा पादप भी।

फूल
और फूलों का संभार उसका है।
मैं उसे कभी-कभी
'नन्दन-कानन' कहती
तो एक हलकी-सी मुस्कान
उसके चेहरे पर खिंच जाती
उसमें शान्त प्रत्युत्तर था
मेरी ममता का।

वह
सप्ताह में एक दिन
टोकरों में फलों को भरता,
सब्ज़ियों को भी,
कुछ फूल भी रख लेता
और उन्हें
निकट के 'बालगृह' में
पहुँचा आता।

मैं कल्पना करती
नन्दन को देखकर
ख़ुशी से चमकते
बच्चों के चेहरों की।

मैं सोच रही थी
तीस वर्ष पहले कैसे निकल आयी
उस परिवार से
जहाँ न्यूनतर होते हुए
समाप्त हो गयी थी
मेरी सम्बद्धता।

मेरी उपस्थिति का बोध
एकमात्र
मेरा बड़ा कमरा था–
सुन्दर, स्वच्छ, सज्जित
कुछ तस्वीरें
क़िताबें
बड़ा पलँग, एक सोफ़ा कुर्सी
और मेज़–

कोने में एक फूलदान था
और एक कैसेट प्लेयर—
मेरे पास विशाल संग्रह था
भारतीय और विदेशी
शास्त्रीय संगीत-वादकों का।

बाल्कनी में झूला करते थे
किरामिती फूल
बोगेनवेलिया के—
नीचे लॉन के उस तरफ़
ऊँचे अशोक के पेड़—

मेरे कमरे में कोई नहीं आता था—

जब वे बच्चे थे
कैसी दौड़-भाग थी
मेरे पीछे-पीछे
मैंने कोई क्षण
अपने लिए नहीं रखा था—
खाना मेरे हाथ से
नहाना उसी बाथरूम में—
रात होती तो
उस बड़े पलँग पर
सब चारों तरफ़ घिर आते
कहानी सुनते-सुनते सो जाते।

वे बड़े हुए तो
माता-पिता के हो गये
और बड़े हुए तो

उनका अत्यन्त निजी
छोटा-सा 'घर-संसार' हो गया–
सीमित हो गये उनके स्वार्थ
सिकुड़ गयीं उनकी आकांक्षाएँ

वातावरण में हलकी-सी सरसराहट थी
मुझ अकेली के पास इतना बड़ा कमरा है
बच्चे बड़े हो रहे हैं
उन्हें भी जगह चाहिए
मैं दूसरे छोटे कमरे में भी रह सकती हूँ।

वे मुझे बाध्य या विवश नहीं कर सकते थे
किन्तु यह अप्रियता भारी थी,
केवल बेगानापन।

शायद यह
अतिसंवेदनशीलता थी स्वभाव की
मैं चली आयी थी–

मेरे साथ था
मेरी विद्या का निजी धन
प्रेम और सौन्दर्य की
रचनात्मक प्रतिभा,
दुःख-बोध की
व्यापक ग्रहणशीलता
और
अपने माता-पिता का
निःस्वार्थ परोपकारी संस्कार।...

मैंने स्वयं ही दूरी बना ली थी–
संवादरहित कर लिया था
स्वयं को।...

मुझे
मिट्टी चाहिए थी
वह मिलती चली गयी–
एक 'परित्यक्त गृह' था
अब मेरा आवास–

उस बड़े नगर के सीमान्त पर
निर्मित होता गया
मेरा छोटा-सा संसार।

वे आये थे
इतने बरसों बाद
वे मेरे परिजन।
अब जाना था–
वे मेरी उम्र जानते थे
पैंसठ पार कर चुकी थी–
उनके अन्दर प्रश्न था
चेहरे पर स्वार्थी उत्सुकता–
इतनी बड़ी भू-सम्पदा
वह भी इतनी हरी-भरी
कैसे, किसे, किसकी?
नन्दन उनके लिए
एक बहुत बड़ा सवाल था।

वे चले गये
अपनी दो बड़ी गाड़ियों में–

नन्दन ने दो टोकरियों में
अपने सहयोगी से
रखवा दिये थे सब्ज़ी-फल।

बड़े ने अपना पर्स खोला था
नन्दन को कुछ देने के लिए।

वह सहज ही अलग हट गया था।

किसी भी उत्कृष्टता को
कमतर करने की
इनकी आदत अभी गयी नहीं।

मैं बैठी हूँ।
रक्त के वर्ण का चमत्कार
कितना मन्द हो गया है,
स्मृतियाँ भी
अब आहट नहीं चाहतीं।

शाम हो गयी है
कैसा आकस्मिक धुँधलका है
हर दिन से अलग–
अब उठूँ
दीया-बाती करूँ–
कि सब
रौशन रह सके

व्यतीत के
भूले-बिसरे
उन अपने आगन्तुकों के लिए भी।

‘दृश्यमान नगरी’ का

मुझे लगता है
दिन के दाँत हैं,
रोशनी दंश है–
बार-बार मिलती गहरी चुभन
चमकते हुए टीसते हैं
गीले व्रण।

नहीं,
अब और नहीं–
कोई तो प्रतिकार होगा–
अँधेरा
ओढ़न हो सकता है
सुरक्षित आवरण।

सुबह हुई।
मैंने चीत्कार किया–
ऐ काले अन्धकार,
पापी, सघन हो
नीचे आ
मेरे पास।

वह पाप की तरह ही
सदय
और नरम था–
गहराकर अविलम्ब झूल गया
मेरे कन्धों पर
लबादे की तरह
और मैं
वृक्ष से विलग
कटी टहनी-सी
चलने लगी।

अवलम्ब
अँधेरा था या मैं–
इससे अनजान।
मैं केवल इतना ही जानती हूँ
कि उसने मुझे
रोशनी के हर एहसास से
मुक्त किया था
गहरी रात में संचरण करते
चन्द्र-तारकों से भी।

मुझे लगता
मैं अकेली हूँ
अन्धकार के एकान्त में,
और मेरे अकेलेपन में
वह एकाकी है।

अब कहीं नहीं था
कोई

मिथ्या मधुर संवाद,
बीच मँझधार में अकेला कर दे
ऐसा कोई साथ–

अब
लक्ष्य न साध पाता था
दिन का कोई आघात।

संवत्सर गुज़रे थे
और दशक–
जरा तो आती ही है,
व्याधि भी
अनुगमन करती है–
मृत्यु
शरीरधर्मा है।

ये ऐसे ही क्षण होते हैं
जब अँधेरा टूट जाता है–

मेरे कन्धों से भी
काला कंचुक खिसक गया था,
रोशनी गीली थी
पश्चात्ताप की नमी से।

मन में
सलें डालता सोच था–

कोई उच्चतर प्रकाश भी तो
संरक्षक हो सकता था
किन्तु मैंने–

तभी एक किरन सरक आयी,
माथे पर
कोमल नन्ही हथेली रख बोली–
'सोच को विराम दो,
अन्धकार भी तो एक आच्छादन है
उस 'ज्योतिर्मय' का
एक छद्मावरण–
नाट्य-मंच के लिए
कभी-कभी उपयोगी
एक यवनिका-पट।'

मेरी आँखें उनींदी थीं
दोनों ओर से पीछे हट रहे थे परदे–
ऊपर आलोकित था
निर्गम-द्वार
रंगशाला का।

बाहर निकलकर मैंने
विस्मित हो देखा–
यह निर्गम-द्वार ही
प्रवेश-द्वार भी है
इस अनन्त विस्तार में बनी
उस छोटी-सी
'दृश्यमान नगरी' का।

पहाड़ उड़ रहे हैं

पहाड़ों ने
अपनी ऊर्ध्वमुखी शिलाओं को
पंखों की तरह खोला है
और उखाड़ा है स्वयं को
धरणी के वक्ष से,
समुद्रों के अन्दर के
अधोवर्ती भागों रो
और अब वे उड़ रहे हैं
बृहत्काय पक्षियों के झुण्डों के सदृश
आकाशों में।

उनकी सारी सम्पदाएँ उनके साथ हैं
उनके जल-प्रपात
निर्झरिणी-झीलें
उनके गुह-कन्दर
उनका वनस्पति-जगत्
उनके जीव-जन्तु
रात में चमकती दिव्य जड़ी-बूटियाँ
उनकी खदानें
उनके दुर्लभ मणि-मानक।

आश्चर्य है कि
उनके गोपनीय भागों में
निवास कर रहे वैखानस
यती, ध्यानमग्न ऋषि-मुनि
तपस्वी, साधक-वृन्द भी
बिना किसी निषेध के
उनके साथ चले गये
यह जानकर भी कि
सप्त भुवनों में
भू-लोक ही
साधना-सिद्धि
चेतना के उन्नयन
और आत्मा की मुक्ति का
एकमात्र साधन-स्थल है–

वे अपने आश्रयदाताओं के साथ
चले गये।
शायद उन्हें ज्ञान था
कि वे लौटेंगे
या यह कि
पर्वत भी तो
भू-भाग हैं।

मैं सोच रही हूँ
मैं द्रष्टा हूँ या यह
मात्र परिकल्पना है या यह
मेरे अपने ही मन का
काव्यात्मक रूपांकन है,
जो इतना प्रत्यक्ष है।

मैं सोच रही हूँ–
यह कैसा निश्चय है,
कौन-सा संकल्प या प्रयोजन
कि पृथिवी के
इन उन्नतशीर्ष पुत्रों ने
माता के वक्ष में निवास कर रही
अपनी अचलता को उन्मूलित कर लिया–

सहस्राब्दियाँ बीत गयी थीं
या अरबों
खरबों वर्ष–
सम्भवतः वे थक गये थे,
उच्छिन्न हो गया था उनका मन
एक ही स्थान पर
अपनी बद्धमूलता से–
उन्होंने खोले थे
अपनी बृहत् शिलाओं के उत्तुंग पंख
और अब वे उड़ रहे थे।

अन्वेषी थी उनकी उड़ान–
वे किसी नये आकाश में
नये तल पर अपने पैर जमाना चाहते थे,
प्रतिष्ठापित करना चाहते थे
स्वयं को
यदि हो कहीं कोई नयी धरा
या कोई नया परिमण्डल।

यह अभिमानग्रस्त पलायन था
या स्वच्छन्दता का उत्प्रेरण
कि वे गये थे
माता की विश्रामदायिनी शरण
उसकी प्रतिपल निरीक्षण करती
वत्सल दृष्टि से दूर।

वे उसके उन्नतशीर्ष
मानी पुत्र।

उन्होंने पारगमन किया था
क्षितिजों का,
दूर दिगन्तों,
अन्तरिक्षों की परिसीमा का लंघन कर
वे उड़ते चले गये थे—

उन्होंने छोड़ा था वह पथ
जिससे
पृथिवी और सूर्य
मित्र-सदृश
सहगमन करते हैं।

उन्होंने
माता की महिमा का
अवमूल्यन किया था
वे भूल गये थे कि
माता भूमि है
और वे पृथिवी के पुत्र हैं।

परिवर्तन की अभिकांक्षा ही
इन पार्वत्य उड़ानों का
एकमात्र कारण,
ऐकान्तिक अभिप्राय थी।

किन्तु वह
आकाश की कौन-सी कक्षा थी
कौन-सी सीमान्त
या परिमण्डलीय रेखा
कि कुछ क्षणों के लिए
उनकी गति रुद्ध हो गयी थी,
जड़ित हो गये थे
उनके शैल-पंख,
स्तम्भित था उनका पूरा समवाय।

शायद यह शिक्षा थी–

आकाश में
उड्डयन सम्भव है,
अचलता नहीं–

ग्रह-नक्षत्र साक्षी थे।

इस बार
उन्होंने विनत हो
अपने पगों को उठाया
पंखों को किया दोलायमान

और प्रार्थी मनस्विता से
तीव्र गति
लोकों की परिक्रमा की—

निश्चय किया कि
अभिमान त्याग कर
अपनी जड़ें जमा लेंगे
किसी भी नये
आश्रयदाता लोक में।

वे सतत गतिशील थे
कि उन्होंने देखा
नीचे की गहरी सुदूरता में
सुन्दरता से भी सुन्दरतर
एक विशाल
मरकतमणि गोलक है—
चारों ओर
नीलिमा के
सुप्रभ पट से दीप्तिमान।

धरती पर वापसी का
जो हलका-सा
अन्यमनस्क पुट
उनके अन्दर आया था
वह लुप्त हो गया।

उनका उत्साही मनोराग
प्रबल हो
उद्दीप्त हो गया।

उन्होंने
शीर्ष आनत किये और
तीव्र गति
वे नीचे की ओर उड़ चले—
गोलक आता गया निकट
और भी निकटतर—

पश्चिम की धूमिल रेखाओं ने
स्पष्टता ग्रहण की—

यह तो उनका चिरपरिचित
अपना ही भूमण्डल है—

अब...
वापसी सम्भव नहीं थी।

माता ने देखा—
वह जानती थी
यह उड़ान अल्पकालिक है
उसके हृदय को
अतल गर्त्त बनाकर
गये
उसके उन्नत शीर्ष
मानी पुत्र
लौटेंगे
और वे लौटे थे।

उनके भाल के मालिन्य को
अपनी चिरन्तन
वत्सल मुस्कान से उसने
ज्योतिर्मय किया था,
प्रतिस्थापित किया था उन्हें
उनसे छूटी हुई
अपनी क्रोड़ की
सुखदायी गहराइयों में

वे शान्त थे,
उन्होंने विश्राम अनुभव किया था।

धरा में भी परिवर्तन की ऐषणा थी।
वह अथक भाव से
नित्य परिक्रमणशील थी
अपनी धुरी पर।

वह पृथिवी थी
किन्तु चेतन था
उसका मन
वह भी अपनी पार्थिवता में
स्वर्गिकता का अवतरण चाहती थी।
चाहती थी कि
पर्वतों से प्रतीयमान
उन्नतशीर्ष
उसके ये मानी मानव-पुत्र
अपनी पार्थिव सीमाओं से
बहिर्गमन करें।

उसने
अपनी कुक्षि पर
हाथ रखा था
वह सगर्भा थी–

उसने
उल्लसित मन
अपनी कटि को
'सत्य के सूर्य' की
रूपान्तरकारिणी
किरण-डोरियों की
मेखला से
बाँधा था।

उसके मन की शान्ति
उद्‌घाटित थी,
हृदय में रागमयी
चिरकालिक पुकार थी,
और दृष्टि
ऊर्ध्वता से
अपलक जुड़ी थी
प्रार्थनारत

कि
उसकी सन्तानें
जीवन के दुःख
और संत्रास,

मृत्यु के पाश से
मुक्त हों

उसके तल की पार्थिवता
दिव्य हो
और उस पर संचरण करे
पर्वतों से प्रतीयमान
उसके उन्नतशीर्ष पुत्रों की
दिव्य मानवता।

❑❑